영국 탐구생활

영국 탐구생활

발 행 | 2023년 2월 23일

저 자 | 안정인

펴낸이 | 한건희

펴낸곳 | 주식회사 부크크

출판사등록 | 2014.07.15.(제2014-16호)

주 소 | 서울특별시 금천구 가산디지털1로 119 SK트윈타워 A동 305호

전 화 | 1670-8316

이메일 | info@bookk.co.kr

ISBN 979-11-410-1682-1

www.bookk.co.kr

영국 탐구 생활

타국에서 만난

작지만 빛나는 순간들

안정인 지음

프롤로그

새해 첫 책으로 정세랑 작가의 『시선으로부터』라는 장편소설을 읽었다. 열댓 명이나 되는 다양한 등장인물 중 제일 감정 이입했던 인물은 난정이었다. 아이가 아픈 이후로 마음 붙일 곳이 필요해 끝없이 읽는 것으로 자기를 보호했던 사람. 그런 난정에게 시어머니인 시선은 그만큼 읽었으니 이제 글을 쓰라며 채근한다. 인풋이 있으면 아웃풋이 있는 거라고, 그게 자연스러운 거라고. 그때 난정은 "저는 읽는 걸 좋아하는 거지 쓰고 싶은 마음은 없어요."라고 단언한다.

평생 독서광으로 살았지만 쓰기와는 거리가 멀었던 나는 난정의 흔들림 없는 말에서 왠지 모를 위로를 받았다. 그래, 읽기를 좋아한다고 해서 꼭 쓰기로 연결되어야 하나. 생산적인 무언가가 없으면 어때. 읽기 그 자체만을 목적으로 두고 향유해도 좋지 않을까?

사실 쓰고 싶은 마음이 없는 건 아니었다. 행복한 사람은 글을 쓰지 않는다고 했던가. 내가 가장 절실하게 글을 썼던 때는 역시 사는 게 힘이 들 때였다. 하도 울고 다녀서 남편이 "손대면 톡 하고 터지는 봉선화"라고 놀렸던 시절, 어린 두 아이를 키우면서 다른 사람과 쉽게 나누지 못한 마음을 일기장에 풀어내며 버텼다. 그렇게 쌓인 일기장이 몇 권. 여행지에서 들었던 음악을 들으면 그때 여행이 떠오르듯 글을 쓰려고 하면 힘들었던 감정도 같이 떠올라 넘실거렸다.

　그러나 거기까지였다. 내 글은 늘 서랍 속에만 있었다. 주위 사람들이 자기 이름을 단 책을 하나씩 세상에 내놓는 걸 보면 어찌나 부러운지. '언젠가는 나도?' 하는 소망을 품어 보지만 역시 꿈같은 이야기일 뿐 어디서 어떻게 시작해야 할지 몰랐다. 글을 쓰고 싶은 마음이 들수록 쓰고 싶지 않은 마음 또한 강하게 올라왔다.

　대학 선배 언니가 브런치 작가에 도전해보라고 권했을 때도 나는 주저했다. 내 일상을, 특히 힘들었던 시간을 팔아서 글을 쓰고 싶지 않았다. 누군가에게 이해받고 싶다는 욕망이 강할수록 내 보잘것없는 일상을 구구절절이 쓰고 싶지 않은 마음, 나의 한숨과 눈물을 굳이 써서 세상에 내놓고 싶지 않은 마음도 컸다. 그때 언니가 해준 조언.

"파는 게 아니라 나누는 거야. 어떤 어려움이 있었는지, 그걸 어떻게 극복했는지 너의 경험을 나눌 때 그게 다른 사람의 마음에 가닿는 게 아닐까. 우린 잘난 사람들의 이야기에 지쳤잖아. 정인아, 너를 불편하게 만드는 지점(pain point)에 대해 써봐."

아, 파는 게 아니라 나누는 거구나. 멋지고 매끈한 모습만 보여주고 싶어 하는 세상에서 울퉁불퉁한 내 삶의 일부분을 나누는 것도 의미가 있겠구나. 내 고군분투가 누군가에게 도움이 된다면... 나를 위한 글쓰기에서 타인을 향한 글쓰기로 한 발짝 더 나가보자, 글쓰기에 대한 인식 전환은 그렇게 일어났다.

코로나가 한창이던 영국의 2021년 봄, 브런치에 작가 신청을 하고, 글을 쓰기 시작했다. 영국에서 산 만 3년 동안 내 마음을 두드렸던 일들을 골라 글로 엮었다. 주로 해외에서 아이 키우면서 사는 소소한 풍경이었다. 처음에 영국에 와서 적응하기 힘들었던 때의 한숨과 눈물, 따뜻한 손을 내

밀어준 친구들, 잊을 수 없는 환대의 경험, 아이의 성장을 지켜보는 일, 별것 아닌 것 같은데 마음이 복이던 때와 다시 생각해도 심장이 쿵 내려앉는 순간... 어떤 경험은 잊고 싶지 않아서 썼고, 힘들었던 일 역시 노트북 앞에서 차분히 적어 내려가고 나니 어느새 마음이 진정되는 작은 기적을 경험하기도 했다. 외로운 해외 생활에서 글쓰기는 나를 돌보는 최선의 방법이 되어주었다.

나에서 시작한 글쓰기는 우리 가족을 넘어 이웃들, 아이들이 다니는 학교, 우리 동네, 영국 사회, 돌아와 한국 사회에 대한 고민으로 확장되기도 했다. 익숙한 내 나라를 떠나 시작한 해외 생활은 감각을 더욱 예민하게 만들었다. 이런 건 우리랑 다르구나, 이런 점은 배울만하고, 이런 건 참 불편하구나, 이럴 땐 이렇게 말하고 행동하는구나, 역시 사람 사는 곳은 다 비슷하구나 등등 한국이라면 그냥 별 뜻 없이 지나쳤을지도 모를 순간들이 새로운 의미가 되어 다가왔다. 언어도 문화도 풍습도 다른 사회에 나를 최대한 열어놓으면서 영국이라는 나라에 다가가려고 애썼다. 고작 3년으로 감히 그 나라를 안다고 말할 수는 없지만 생각할 거리는 도처에 있었다.

그렇게 쌓인 글이 한 권의 책으로 완성이 되었다. 평생 읽는 사람으로 살면 족하다고, 쓰는 사람은 따로 있다고 생각했는데 지금은 고유한 내 삶을 담은 글은 나만이 쓸 수 있다는 것을 안다.

아, 나만 그런 게 아니구나 하는 공감과 함께 위로받고 갑니다.

박사논문과 육아 사이에서 매일 줄타기를 하는 후배가 남긴 댓글을 보며 공감과 위로라는 단어에 밑줄을 그었다. 혼자가 아니라는 감각, 내가 이상한 게 아니라는 동지 의식은 당장 문제를 해결해주지는 않는다. 그렇지만 마음가짐을 새롭게 해 일어설 힘을 준다. 내가 쓰는 글이 누군가에게 공감과 위로로 가닿았으면. 그 마음이 다시 나에게 돌아와 다시금 쓸 힘을 주었으면. 그 순간을 상상하며 오늘도 책상에 앉아 깜빡이는 커서를 바라본다.

차 례

너를 만나서 나는

대신 질 수 없는 짐

아이가 밤마다 울던 때가 있었다. 새벽에 옆방에서 우는 소리가 나서 달려가 보면 서럽게 주저앉아 눈물을 뚝뚝 흘리고 앉아있던 때가. "우리 아가 왜 울어? 엄마 여기 있어. 자, 코 자자, 응?" 다시 눕혀서 가슴을 토닥이면 바로 잠이 들었다. 아침에 일어나서 어제 왜 울었냐고 물어봐도 전혀 기억을 못 했다. 온종일 까불고 쉴 새 없이 떠들며 놀다 또 엉엉 우는 밤.

영국에 온 지 6개월이 되던 때. 처음 한두 달은 힘들었지만, 반에 한국 친구가 들어온 뒤로 잘 적응하고 있는 큰아이와 달리, 누구와도 말이 통하지 않는 상태에서 혼자 버텨내야 하는 둘째 선우는 늘 한국을, 다니던 어린이집을 그리워했다. 어려서부터 사회성 하나는 끝내줘서 늘 친구에게 둘러싸여 지냈기에 변화의 폭이 더 큰 듯했다. 어디로 여름

휴가를 가고 싶으냐고 물으니 바로 나오는 대답

"나는 한국. 한국 가고 싶어. 말이 통하잖아. 영국 생활은
어려워."

초등학교 정규 교육과정에 들어가기 전에 널서리
(Nursery)라고 부르는 영국 공립 어린이집의 하루 보육 시
간은 단 세 시간. 한국에서는 꼬박 6~7시간을 어린이집에
맡길 수 있었는데, 아침 9시에 데려다주면 12시 전에 찾아
야 한다는 이야기를 듣고 실망감을 감출 수 없었다. 운전하
며 왔다 갔다 하는 시간을 빼면 내 자유 시간은 두 시간 남
짓. 집에 가서 점심을 먹이고 나면 다시 하교하는 큰아이를
데리러 가야 하는 빡빡한 일정이었다.

하지만 선우 입장에서 생각해보면 오히려 이편이 나을지
도 모르겠다 싶었다. 그래, 영어를 못하니 오래 있으면 힘
들 거야. 이래저래 세 시간은 버틸 수 있겠지? 생후 15개월
부터 영아 전담 어린이집에 다녔잖아. 그간 어린이집 구력
이 얼만데 고작 세 시간이니 괜찮을 거라 생각했다. 그러나
그건 순전히 나의 착각이었다.

널서리에 다닌 지 몇 주 뒤 어느 날, 선생님에게 전화가 왔다. 선우가 너무 기분이 상해서 울고 있는데 도저히 그 이유를 모르겠다고. 서둘러 가서 자초지종을 물어보니 만들기 시간에 셀로판테이프가 필요해서 "테이푸! 테이푸!" 하고 말했는데 아무도 못 알아들었단다. '셀로테이프(Sellotape)'란 말은 알 리가 없고 아무리 반복해서 말해도 못 알아들으니 그만 그간 눌러둔 억울함이 폭발했던 것. 어린 마음에도 말이 안 통한다는 것은 답답하고 자존심이 상하는 일이었다. 불편함을 넘어 서러운 것이었다.

하루는 널서리를 나오는 선우 표정이 유난히 어두웠다. 차에 태우고 집으로 출발하려는데 선우가 말했다.

"오늘 안 좋은 일이 있었어. 친구 두 명이 경찰을 하고, 나는 도둑 하기 싫은데 억지로 시키고, 침 뱉고, 막대기 같은 거로 때리는 척을 했어. 마음이 너무 슬퍼."

뭐? 억지로 도둑을 시키는 것도 모자라 때리는 시늉을 하고 침을 뱉었다고? 아이의 말을 듣는데 화가 머리끝까지 나는 게 이런 건가 싶었다. 가슴은 두근거리고 손은 덜덜 떨려서 도저히 운전할 수가 없었다. 바로 차를 세우고 그 길로 다시 돌아가 널서리 전체 책임자인 헤드 티처(head teacher) 맨디를 만났다.

더듬거리며 설명을 마치자 선생님은 한쪽 무릎을 굽히고 몸을 낮춰 선우와 눈높이를 맞추며 이야기를 시작하셨다. 이건 매우 심각한 일이고 모든 선생님과 상황을 공유한 뒤 앞으로 더 잘 지켜보겠다고. 앞으로 선우와 성향이 잘 맞는 친구와 짝을 지어서 놀게 해주겠다고. 속상한 마음을 이해해주시고, 앞으로의 대응을 약속해주시는 단호하고도 따뜻한 말씀에, 특히 아이와 눈을 맞추고 천천히 또박또박 대신 사과해주시는 태도에 마음이 풀렸다.

선생님은 약속대로 선우와 잘 어울리는 친구를 찾아주셨고, 그 아이와 친해지면서 점점 영국 어린이집 생활에 적응해갔다. 나중에 다른 한국 엄마들에게 물어보니 우리는 아주 운이 좋은 편이었다. 학교나 어린이집에 이야기해도 별다른 조치 없이 그냥 넘어가는 경우도 많다고 한다.

어른들은 쉽게 말한다. 아이들은 적응이 빨라. 걱정하지 마, 어릴수록 금방 적응해. 하지만 내가 경험해보니 아이들도 어른처럼 낯선 곳에 적응하는 게 쉽지 않았다. 아니 어른보다 더 힘들지도 모른다. 자기 의지로 온 것도 아니고, 상황 파악도 쉽지 않고, 자기감정을 설명할 언어도 발달하지 않았으니. 밤마다 펑펑 울고도 아침이 되면 기억 못 했던 그 당시 울음은 아이의 마음을 가장 잘 설명하는 언어가 아니었을까.

그 당시 선우는 말이 안 통하고 외로울 때 속으로 "하나님... 하나님... 엄마... 엄마...." 하고 불렀다고 했다. 어제는 여섯 번, 오늘은 다섯 번 조용히 하나님과 엄마를 부르면서 버텨낸 시간이었다. 나 또한 기도하며 기다릴 수밖에 없었다. 아무리 사랑해도, 아무리 소중해도 대신 져줄 수 없는 자신만의 짐이 있는 법이다. 그게 여섯 살 아이라 해도....

영국에 온 지 이제 3년째, 아이는 제 성품대로 친구들과 몰려다니며 밝게 지낸다. 영어를 하나도 못 하던 녀석이 종일 영어만 쓰고, 엄마·아빠 발음을 지적하기에 이르렀다. 어느 날 학교 문을 나서면서 슬며시 물어봤다.

"선우야, 너 널서리 다녔을 때 힘들었던 거 기억나?"

"절대 못 잊지(I'll never forget it.) 그때 영어를 해야겠

다고 생각했어."

네버 포겟. 지금쯤 다 잊어버렸겠지 생각했는데, 예상치 못한 대답에 다시 마음이 쿵 내려앉았다. 그 시간이 네 마음에 박혀있구나. 이 사회에서 살아남으려면 영어를 해야겠다고 생각했구나. 지금 영어만 쓰려고 하는 게 그래서였구나. 짠한 마음에 잡고 있던 손을 풀어 괜스레 머리를 여러 번 쓰다듬어 주었다.

우는 소리에 놀라 깨던 밤은 이제 지나갔지만, 앞으로도 네 인생에서 눈물 삼키는 일이 얼마나 많을까. 꽃길만 깔아주고 싶은 것이 부모의 마음이나 그건 가능하지도 바람직하지도 않다. 아픔과 상처도 인생의 일부분이고, 그 과정을 겪으며 성장하는 것이므로. 허나 너를 외로이 홀로 두지는 않을 거라 되뇐다. 나 역시 자신 없는 영어지만 선생님에게 무작정 달려간 것처럼 언제든 네 편이 되어주겠다고. 일 인분의 자립을 해나갈 수 있는 어른이 될 때까지 네 옆에서 기도하며 응원하겠다고.

네 몫의 짐을 대신 질 수는 없다고 해도.

재미와 의미가 만나

남편의 오랜 위시리스트였던 애플워치를 얼결에 같이 사고 결혼 12주년 선물이라는 이름을 갖다 붙였다. 애플워치에는 움직이기, 운동하기, 일어서기 세 개의 링이 있고, 미리 목표를 설정해놓으면 정해진 링을 채우며 운동량을 체크할 수 있다. 그중 애플워치가 있는 친구와 '겨루기'를 할 수 있는 기능이 눈에 띄었다. 남편과 나는 눈을 반짝이며 겨루기 버튼을 눌렀다. 기간은 일주일, 링에 1퍼센트가 추가될 때마다 1점씩 얻는 방식이고, 일주일 뒤 점수가 많은 사람이 이기게 된다. 부상은 애플워치에 새롭게 추가되는 배지다. 누르면 팽그르르 돌아가며 반짝이는 배지, 그게 뭐라고 갖고 싶다. 그러려면 이기는 수밖에.

초반엔 내가 역시 우세했다. 그러나 나는 초기에 반짝하지만 지구력이 없어 뒷심이 부족한 스타일. 후반으로 갈수록 점점 남편이 치고 나가더니 마지막 날 급기야 역전을 당했다. 아이들 점심을 챙겨주고 침대에서 잠깐 쉬는데 애플워치에서 알람이 떴다. 'WJ Kim 님이 운동을 완료했습니다.' 나는 다급하게 아이들을 불렀다.

"얘들아, 엄마 지고 있어. 빨리 옷 갈아 입고 나가자!"

집에 있고 싶어 하는 집돌이 형제를 양몰이하는 개처럼 몰고 나가 동네를 한 바퀴 돌았다. 다시 나의 재역전! 가만 보자, 남편이 회사에서 집에 돌아오는 길에 꽤 걸을 테니 또 역전을 당할 것 같다. 그냥 있을 수 없지. 저녁 설거지를 미루고 실내 달리기 및 막춤을 30분간 췄다. 아, 나의 치밀함이란. 건너편 집에 사는 사람이 보면 무척 이상하겠지만 그런 걸 따질 때가 아니었다. 무조건 이겨야 하니까!

결과는 초박빙으로 나의 승리! 다음 날 아침에 일찍 일어나 새로 획득한 배지를 흔들며 남편을 놀려주었다. 그걸 보고 눈빛이 변하는 걸 보니 앞으론 절대 봐주지 않을 것 같다.

남편과 나는 대학교 1학년 때 친구로 만났다. 스무 살 여름 포함 조방낙지 배 토익점수 내기를 시작으로 두꺼운 고전 읽기, 헬스장 가기 등 수많은 내기를 해왔지만 운동 분야에서 이긴 건 처음이다. 운동이라니. 어려서부터 몸이 자주 아파서 늘 절전모드로 살았던 나는 운동과 담을 쌓았고, 대학 필수과목인 생활체육에서 C+를 받을 정도로 운동신경이라곤 없었다.

그러던 내가 남편을 만나 홈 트레이닝의 세계에 발을 들여놓게 되었다. 매일은 못 하지만 애들을 재우고 함께 운동하는 시간이 참 좋다. 혼자 하면 귀찮다고 미룰 운동을 같이하자는 사람이 있어서, 오래도록 함께 건강하게 살고 싶은 사람이 있어서 몸을 일으키게 된다.

남편은 나와 정반대다. 고등학교 때부터 학교에서 농구로 이름을 날렸고, 대학교 때도 농구코트에서 살다시피 해서 별명이 '체대생'이었다. 어쩌다 그가 책을 집어 들면 "어, 웬일이야? 낯설다." 놀릴 만큼 책과는 거리가 있고, 재미있는 동영상을 보면서 낄낄거리는 게 집에서 가장 흔하게 볼 수 있는 모습이다.

영화를 고르는 취향도 매우 다르다. 나는 뭔가 내 인식에 충격을 줄 수 있는 새롭고 깨달음이 있는 영화를 보고 싶어

하는 반면, 남편은 현실도 녹록지 않은데 영화까지 심각한 걸 보고 싶지 않다며 오락이나 액션 영화를 고른다. 그래서 신혼 때 같이 영화관에 가서 각자 원하는 걸 보고 나와 함께 집에 돌아온 적도 많았다.

남편에게 중요한 가치는 '재미'다. 그가 있는 곳에는 늘 웃음이 넘쳐나고 분위기가 밝아진다. 그가 재미를 중시하는 사람이라면, 나는 '의미'를 중시하는 사람이다. 의미에 세계에 살던 내가 남편을 만나 재미의 세계를 알게 되었다. 생각은 좀 더 가벼워지고, 몸은 더 건강해졌다. 남편이 낄낄거리면서 웃는 동영상을 함께 보면서 나도 따라 웃게 된다.

남편은 나를 만나 몰랐던 세계를 알게 되었다고 말한다. 회사에서 주식이나 부동산, 연예인 이야기를 하는 사람들에게 둘러싸여 있다가 나에게서 페미니즘과 퀴어, 환경이나 채식 등 전혀 다른 세계의 이야기를 듣게 되었다고, 인식의 지평이 넓어졌다고 고마워한다. 재미의 세계에 주로 사는 그가 의미와 만나게 되는 순간이다.

재미와 의미. 어떤 순간에는 재미 자체가 의미가 되기도 하고, 재미가 없어도 의미 있는 일이면 해야 할 때가 있다.

그러나 결국 의미 없이 재미만 있으면 공허해지고, 재미없는 의미는 지속할 수 없다.

　재미와 의미, 두 가지 '미'를 우리 가정의 두 기둥으로 삼고 앞으로도 재미있고 의미 있게 살아가려고 한다. 다름을 오히려 축복으로 여기고, 서로의 부족함을 채워주며 살아가고 싶다. 아이들이 우리의 삶을 보면서 '그래, 우리 엄마·아빠는 어떤 상황에서도 재미를 찾아내는 사람이었지. 의미도 놓치지 않았어.'라고 기억해주면 기쁘겠다.

　얼마 전 남편이 주문한 아마존 택배가 와서 열어보니 'Winner of Month'라 적힌 미니 트로피가 들어있다. 이런 건 어떻게 알고 샀담. 앞으로는 매달 겨루기를 해서 이기는 사람이 한 달 동안 트로피를 갖자고 한다. 이 남자랑 있으면 도무지 심심할 틈이 없다. 그래, 콜! 다음번에도 사력을 다해 이겨야지, 챔피언의 명예를 걸고!

런던에 눈이 내리면

시작은 충동적으로 산 썰매였다. 둘째 선우랑 동네 약국에 가는 길에 어느 세 식구가 썰매를 사 가는 걸 봤다. 지난 1월 평소 눈이 거의 오지 않는 런던에 함박눈이 쏟아졌을 때 집에 썰매가 없어서 아쉬웠던 기억이 떠올랐다. 바로 일기예보를 확인했다. 다음 날 눈이 온다는 예보가 있었는데 지금 보니 눈 모양이 두 개로 바뀌어 있었다. 눈이 많이 온다는 뜻! 동네 철물점에서 파란 썰매를 덜컥 사서 아이랑 나란히 들고 돌아오는 길, 지나가는 사람들이 미소를 띤 채 말을 건넸다.

"내일 눈이 오면 좋겠네."

"엄청 재밌을 거야!"

집에 와서 자랑스럽게 썰매를 들어 보이는 우리를 보고 남편은 이걸 왜 사 왔냐고 어이없어하며 웃었다. 잠자리에 들기 전, 아이들과 함께 내일 눈이 많이 오게 해달라고 간절히 기도했다.

다음 날, 야속하게도 예보는 바뀌었고 함박눈은커녕 진눈깨비도 내리지 않았다. 일요일부터 눈이 조금씩 오기 시작했지만, 그저 바람에 날리는 싸락눈일 뿐이었다. '괜히 샀구나. 그럼 그렇지. 영국에 온 지 3년 동안 한 번도 눈이 안 왔는데, 저번 한 번의 행운이었으면 됐지, 또 오겠어? 12파운드 날렸네... 흑.' 썰매는 세탁기 뒤로 치워졌다.

화요일 아침, 아래층에서 재택 근무하던 남편에게 메시지가 왔다.

"오늘은 눈이 꽤 쌓이겠는데?"

이어서

"아침에 일어날 때보다 눈발이 더 굵어졌어."

그다음은

"눈이 펑펑 쏟아지고 있어. 대박인데. 이미 썰매 타는 사람들도 있어!"

야호! 내 작은 소원도 들어주시는구나.

"얘들아, 오늘 썰매 탈 수 있겠어!"

아이들과 함께 환호성을 질렀다. 오전 온라인 수업을 마치고, 점심을 후다닥 먹은 뒤 다 같이 공원으로 향했다. 우리 집 앞에 있는 공원은 경사가 꽤 있어서 썰매를 타기 안성맞춤! 이미 아빠, 엄마, 아이들, 할아버지, 할머니, 휠체어에 탄 아이까지 골고루 눈 오는 날을 즐기고 있었다.

우리도 서둘러 합류했다. 남편과 내가 번갈아 가며 아이들 썰매를 끌어주고, 사진과 동영상을 추억으로 남겼다. "이번엔 내가 탈 차례!"라는 내 말에 남편이 잠시 놀라는 듯했지만 있는 힘껏 최고 속력으로 끌어주었다. 스키도 보드도 못 타는 나지만, 눈썰매는 탈 수 있지! 어린아이처럼 신나게 썰매를 탔다. 다음은 아이들이 루돌프가 되어 나를 태워

주었다. 언제 이렇게 커서 엄마 썰매도 끌어주니. 새삼 아이들의 성장이 눈에 들어왔다.

사실 나는 눈 오는 날을 그리 좋아하지 않았다. 내릴 때는 설레지만 도시에 내리는 눈은 블랙 아이스로 변해 금방 지저분해진다. 얼어서 빙판길이 되면 넘어질세라 조심조심 걷느라 신경이 쓰였다. 눈이 많이 온다면 걱정부터 하던 나였는데, 지금은 눈썰매 하나로 눈 오는 날을 손꼽아 기다리고, 신나게 놀고 있다니!

생각해보면 이건 다 아이들 덕분이다. 아이들은 놀기 위해 이 세상에 온 존재들이고 놀이의 세계에 자주 우리를 초대한다. 아이들과 놀아주는 일은 솔직히 힘에 부치고 따분할 때도 많지만, 그 시간을 통해서 어른인 척하느라 잃어버렸던 순수한 놀이의 기쁨을 회복할 수 있다.

어린아이와 함께 시간을 보냄으로써(즉, 함께 레고블록으로 자동차를 만들고, 빵을 만들고, 야구를 하고, 모래성을 쌓음으로써) 우리는 가장 인간적인 모습으로 되돌아갈 기회를 허락받는다. 이것이 바로 우리 본연의 모습이다. 도구를 사용하는 존재, 무언가를 창조하는 존재, 무언가를 쌓는 존재....
– 제니퍼 시니어, 『부모로 산다는 것』, 알에이치케이코리아, 2014

아이들이 없었다면 점점 나이 들어가는 나와 남편, 친구들, 그리고 여기저기 편찮으시고 연로하신 부모님 등 나를 둘러싼 세계가 다 늙어갔을 테지. 하지만 아이들이 있어 희망이 있다. 나는 쇠퇴해가지만 저들은 눈부시게 자라고 있으니! 그걸 맨 앞자리에서 볼 수 있는 관객이 된다는 게 부모의 특권이다. 아이를 키우면서 부모는 기억나지 않는 유년을 다시 한 번 산다. 온갖 어려움과 수고로움에도 불구하고 부모 됨의 축복이 있다면 이것이라고 나는 생각한다.

집에 돌아오는 길 선우가 말했다.

"눈 오는 날이 최고야!"

선율이가 말을 받았다.

"엄마·아빠는 해가 나면 우리를 끌고 나가는데 눈 오는 날엔 우리가 엄마·아빠를 끌고 나가지. 춥다고 나가지 말라고 해도 말이야."

눈과 진흙으로 엉망이 된 옷을 갈아입고 작은 난로에 손을 녹이며 달콤한 핫초코를 후후 불어 마셨다. 나중에 그리워할 우리들의 추억이 또 하나 생겼다. 아이들은 잊어버린다고 해도 내 마음에는 남아 두고두고 꺼내 볼 오늘, 런던에 눈 온 날. 거봐 남편, 내가 뭐랬어, 썰매 사기 잘했다니깐!

너와 내가 주고받는 사랑의 비밀암호

3월 둘째 주 월요일, 드디어 아이들이 다시 학교로 돌아가는 날이다. 원래는 크리스마스 방학 후 1월 4일이 학기가 시작되는 날이었는데 영국 코로나 상황이 심각해져서 개학 하루 전날 급하게 학교 문을 닫는다는 결정이 났다. 온라인 수업으로 보낸 두 달 반 동안 늦게 자고 일어나는 게 익숙해진 아이들은 개학날이 되어도 쉽게 일어나지 못했다. 이제 일어날 때가 됐는데. 첫날부터 늦으면 안 되는데. 내 속도 모르고 아직 꿈나라인 아이들. 이럴 때 쓰는 나만의 처방이 있다.

"자, 피곤하지? 엄마가 마사지해줄게. 쭉쭉! 하늘 끝까지 기지개를 켜볼까? 그렇지, 잘하네. 팔이랑 다리도 쭉쭉!"

목 뒤부터 어깨를 지나 등, 가슴, 배, 팔, 다리까지 구석구석 눌러주고, 손가락과 발가락은 뽁뽁 소리가 나도록 잡아당긴다. 주문인지 바람인지 모를 짧은 기도도 곁들인다. 가슴을 손바닥으로 둥글게 어루만지며 "우리 선율이 마음에 아름다운 생각이 깃들게 해주세요." 다리를 꾹꾹 누르며 "우리 선우가 걸어가는 모든 곳에 복을 주세요." 하는 식이다.

온몸을 돌아 기지개까지 시키고 나면 아이들 잠은 어느새 다 달아난다. 마무리는 역시 간지럼 태우기. 아이들이 몸을 배배 꼬면서 깔깔깔 웃는다. 내 얼굴에도 미소가 번진다.

보통은 아이들이 나보다 먼저 일어나지만, 가끔 일어날 시간이 넘었는데도 콜콜 자고 있을 때가 있다. 그럴 때 우리 아이들에겐 마사지가 특효약이다. 이걸 몰랐을 때 아침은 그야말로 전쟁이었다. 다정한 말로 흔들어 깨워보기도 하고, 음악을 크고 작게 틀어놓기도 했지만 별로 소용이 없었다.

둘째 선우는 큰 잠투정 없이 아침에도 배시시 웃으며 일어나는 편인데, 첫째 선율이는 달랐다. 충분히 자고 일어나 스스로 깨는 경우가 아니라 억지로 깨우는 날엔 늘 난리가 났다. 달콤한 잠을 방해한 엄마에게 아이는 짜증과 눈물로 반응했다. 안 그래도 바쁜 아침에 떼를 부리는 아이를 상대하다 보면 나도 말이 곱게 나가지 않았다. 결국 모진 말로 아이를 울리며 시작하는 아침이 다반사. 겨우 우유에다 시리얼 좀 말아 먹이고 어린이집에 넣고 나면 나도 온종일 마음이 편치 않았다.

어느 날, 집에 오신 친정엄마가 "여기가 용천혈이라는 자리인데, 여기를 누르면 좋대." 하면서 아이들 발바닥 가운데 부분을 꾹꾹 눌러주셨다. 아이들은 서로 "할머니, 용천! 용천 해주세요!"하며 친정엄마를 따라다녔고 그때마다 엄마는 흔쾌히 손자들의 발을 주물러주셨다. 속으로 '아, 이거다!' 싶었다.

아이들이 늦잠을 잘 때 친정엄마가 가르쳐주신 대로 발바닥을 눌러보았다. 처음이었다. 아이가 부드럽게 잠에서 깬 것은. 유레카! 그 후 모닝 마사지는 아침잠이 많은 아이와 육아에 지친 엄마가 서로 마음 상하지 않고 상쾌하게 아침을 시작하게 해준 나만의 비법이 되었다. 누군가에겐 너무 사소한 깨달음일지 모르지만 내겐 귀중했다. 아침은 매일 어김없이 돌아오고, 일단 시작이 좋으면 하루를 잘 보내게 될 확률이 더 높으니까.

게다가 동생이 태어난 이후로 떼가 심해진 아이와 마주하는 일상이 언제 어디서 터질지 모르는 지뢰밭을 걷는 것 같았을 때, 이 비법 하나를 깨달은 것만으로 나는 마술봉을 쥐고 있는 사람처럼 든든했다. 적어도 너에게 접속할 수 있는 실패 없는 비밀암호 하나를 알게 된 기분이랄까.

그러던 어느 날 나는 나 혼자만 이 암호를 알고 있는 것이 아님을 깨달았다. 몇 주 전 토요일 아침, 아이들이 잠에서 깨고 난 뒤에도 나는 전날 늦게 잔 피곤이 가시지 않아 그대로 누워있었다. 그런데 큰 아이가 와서 내 몸을 마사지해 주기 시작했다. 제법 꾹꾹 힘을 줘서, 내가 저에게 해준 대로.

속으로 울컥 눈물이 날 뻔했다. 어린 두 아이와 보내야 하는 시간이 너무 막막하고 하루하루 버티기 힘든 날들이었는데 언제 이렇게 커서 엄마를 주물러주나. 아직 손아귀 힘이 세지 않아 재미로 몇 번 건드리고 가버린 둘째 놈과 달리 큰 아이는 엄마가 그만해도 된다고 할 때까지 정성껏 내 몸 곳곳을 만져주었다. 그 손길에 피곤과 함께 오래 응어리졌던 마음도 같이 풀렸다.

"선율아, 고마워. 엄마가 많이 사랑해."

"나도 사랑해요."

쑥스러운 듯 배시시 웃는 아이를 보며 함께 미소 지었다. 나밖에 모르던 내가 아이를 키우면서 사랑을 배운다. 세상에 많은 중요한 일들이 있겠지만 사랑하며 보낸 시간은 결코 헛되지 않다고, 그 속일 수 없는 시간이 모여 우리 인생이 된다고 되뇐다.

네 마음에 들어갈 수 있었던 사랑의 비밀암호를 이제 나에게 돌려주는 걸 보며 너의 성장을 실감하는 것처럼 앞으로도 사랑하고 사랑받았던 기억들이 우리의 삶을 지탱해주겠지. 그렇게 사랑, 결국 남는 건 사랑.

나는 포기를 모르는 '반업맘'

금요일 오후, 갑자기 아이 학교에서 전화가 왔다. 무슨 일일까. 애써 걱정을 외면하며 전화를 받았다.

"선율이가 머리가 많이 아프다고 하네요. 열은 없는 것 같은데, 혹시 지금 데리러 오실 수 있나요?"

"아, 네, 알겠습니다. 바로 가겠습니다."

전화를 끊고 시계를 봤다. 예정되어있던 온라인 좌담회까지 1시간이 남았다. 마무리하던 원고를 내버려 둔 채 서둘러 학교에 갔다. '얼마나 아픈 걸까, 설마 코로나는 아니겠지? 열은 안 난다고 했는데.' 아이에 대한 걱정이 밀려오는 한편 '왜 하필 오늘이야. 좌담회는 예정대로 할 수 있을까?'

한숨이 나왔다.

아이를 보니 다행히 염려했던 것보다 아이 상태가 나쁘지는 않아 보였다. 집에 와서 열을 재니 38.5도. 열이 좀 오르는 것 같아 해열제를 먹이고, 좀 자겠다고 해서 전기장판을 켜준 뒤 방문을 닫았다. '지금 선율이를 재우면 선우는 어떻게 데리러 가지?' 아이가 둘이면 이럴 때 참 난감하다. 고민 끝에 선우 반 친한 엄마에게 전화해 대신 픽업을 부탁했다.

허둥지둥하는 사이 좌담회 시간이 다 되었다. 오늘은 영국, 미국, 독일, 프랑스, 일본, 한국에 거주하는 사람들이 모여 각국의 코로나 상황과 백신접종현황을 소개하고, 지난 3월 8일에 있었던 세계 여성의 날을 각각 어떻게 기념했는지, 해당 국가에서 여성의 삶은 어떤지 이야기를 나누기로 했다. 영국에 사는 나는 며칠 전부터 자료를 찾고, 현지 친구들과 인터뷰를 진행했다. 육아, 가사 외에 얼마만의 '공적인 일'인지.

"엄마!! 엄마아!!"

좌담회 중간쯤 아이가 심하게 우는 소리가 들렸다. 자다가 아파서 깼는데 아무리 불러도 엄마가 오지 않더란다. 이마를 짚어보니 열이 더 올랐다. 급히 물수건을 이마에 올려주고 엄마가 일하던 중이라 못 들어서 미안하다고 사과했다. 기운이 쭉 빠졌다. 이번 주엔 중요한 스케줄이 이거 하나였는데 딱 오늘, 이 시간에 골라서 아프니.

늘 그런 식이다. 아이가 태어난 뒤에 일이 너무 하고 싶었던 나는 여성학과 대학원 동기 언니가 소개해준 시 연구 용역 공동연구자 모집 소식에 가슴이 뛰었다. '아이는 어떻게 하지? 아직 돌도 안 되었는데.' 다행히 동네에 믿고 맡길 수 있는 영아 전담 어린이집을 찾았다. 아이를 어린이집에 맡기고 회의를 다녀오고 아이가 잠들면 보고서를 썼다.

몸은 피곤했지만 정신은 오히려 생기가 돌았다. 종일 아이와 씨름하며 치워도 치워도 어질러지는 집안을 시시포스(Sisyphos)가 바위를 밀어 올리듯 반복하던 삶에 지쳐갈 때쯤, 어제 하던 작업에 그대로 깜빡이고 있는 커서가 그렇게 위안이 되었다. 그 작은 성취가 아이와 함께 있는 시간에도 윤기를 주었다.

아직 면역력이 약한 시기에 공동생활을 하는 아이는 수시로 아팠다. 감기에 걸리면 중이염으로 발전해서 2주가 넘게

항생제를 먹여야 하는 식이었다. 열이 나면서 귀가 아프다고 우는 아이를 두고 회의하러 갈 수 없는 노릇. 나는 그때마다 "죄송한데, 아이가 아파서요." 하며 회의를 미뤘다.

아이를 키우며 일을 하는 것은 아이가 없을 때와는 차원이 달랐다. 모래주머니를 양쪽에 두 개를 차고 달리는 것과 비슷했다. 속도도 더디고 자주 넘어지고 쉬어갈 수밖에 없었다. 엄마가 된다는 건 나 자신을 점점 포기하고 그 빈자리를 아이로 채우는 것인지도 모른다.

어렵게 끝낸 연구용역이 좋은 인연이 되어 다음 작업을 계속할 수 있었다. 내가 살고 있던 고양시의 보육 정책 위원, 저출산 대책 위원, 여성친화도시 위원으로 위촉되어 자문 회의에 참여했다. 연구 보고서도 쓰고, 교회 청년들 대상으로 페미니즘 강의도 하고, 페미니즘 독서 모임 튜터로 참가했다.

일이 없을 때는 자료조사나 보고서 수정, 녹취 알바도 마다하지 않았다. 늘 경제적으로 빠듯했기 때문에 얼마 안 되는 수입이라도 가계에 보탬이 되는 게 좋았고, 무엇보다 가정에서 벗어난 나만의 일은 언제나 소중했다.

프리랜서 연구자로 조금씩 경력이 쌓여가던 중 갑자기 남편이 영국 주재원 발령이 났고, 두 달 뒤 나도 아이들을 데리고 영국으로 건너왔다. 아이를 학교에 적응시키고, 영어로 된 숙제를 봐주고, 서투른 요리 실력으로 삼시세끼를 하면 하루가 갔다. 게다가 학교 이메일은 또 얼마나 많이 오는지.

1년 뒤 이제 좀 적응할만하니 코로나가 찾아왔다. 이제 학교 문도 닫고 온라인 학습이란다. 엄마가 선생님 노릇까지 해야 하는 상황. "나는 누구? 여긴 어디?"를 외치던 시간이 다 지나가고 드디어 다시 학교 문을 연 것이 이번 주 월요일. 영국 와서 처음 섭외 받은 일을 하는 오늘, 아이가 아프다니 맥이 탁 풀렸다. 엄마 노릇이란 참으로 끝이 없다.

눈은 모니터를 좇아가며 손으로는 아이를 달래가며 좌담회를 끝냈다. 급하게 준비했지만 좋은 피드백도 받고 스스로도 나름대로 의미 있게 기여를 한 것 같아 뿌듯하다. 열이 나서 많이 힘들어하던 큰아이는 나의 정성스러운 보살핌 덕분인지, 해열제가 잘 들어선지 저녁이 되니 열도 내리고 기운을 차렸다. 코로나 봉쇄로 몇 개월간 집에만 있다가 갑자기 학교에 가니 몸과 마음에 무리가 되었던 모양이다. 앓느라 점심도 못 먹어서 배가 고플 것 같아 죽을 끓여서 떠먹여 주니 제법 받아먹는다. 다행이다.

퇴근한 남편에게 아이들을 맡기고 이 글을 쓴다. 앞으로도 어려운 순간이 있겠지만 일과 육아, 둘 다 포기하지 말자고, 엄마이면서 나 자신이 되는 일을 절대 놓지 말자고 다짐한다. 아이만 키우는 전업맘도 아니고, 매일 출근해야 하는 워킹맘 아닌 나. 그래, '반업맘'이라 부르면 어떨까. 비록 폼 나고 안정된 직장은 없지만 아이를 키우며 할 수 있는 만큼 최대한의 일을 하는 반업맘 말이다.

오늘처럼 예상치 못한 어려움도 있지만 양쪽에 양해를 구하면서 그러나 너무 미안해하지 않으면서 계속해보려고 한다. 아이들이 클수록 내가 쓸 수 있는 시간과 에너지는 더 커질 것이라 기대하면서. 이만하면 꽤 괜찮은 하루였다. 내일은 더 괜찮을 거야.

영국에선 영어보다 운전이라는데

한 달에 한 번 있는 남편의 휴가. 마침 아이들 여름방학이라 예약해둔 레고랜드에 가기로 한 날 아침, 둘째가 가기 싫단다. 집에서 쉬고 싶다고. 혹시나 해서 이마를 짚어보니 살짝 따끈하다.

"내가 선율이만 데리고 다녀올게."

그래, 어쩔 수 없지. 날씨가 안 좋아서, 아이들 학년에 코로나 확진자가 생겨서 자가 격리하느라 이미 두 번을 미룬 터라 더 미룰 순 없다. 큰아이와 남편만 서둘러 챙겨 보내고 나는 선우랑 집에 있기로 했다. 그간 엉망인 줄 알면서도 못 본 척했던 서랍장과 옷장 정리를 마치고 콩나물 뭇국을 끓여서 점심을 먹고 나니 '카톡-카톡-카톡카톡!' 속속들이 도착하는 사진. 닌자고의 주인공이 된 듯 놀이기구를 타고 활짝 웃는 두 사람의 모습을 보며 중얼거렸다.

"좋겠다. 나도 가고 싶었는데...."

종일 쓸고 닦고 티도 안 나는 집안일을 하며 언제 오려나 기다렸다. 저녁 6시가 되어도 집으로 출발했다는 얘기가 없으니 슬며시 부아가 나기 시작했다. 결국 저녁 8시가 가까이 되어 도착한 그들.

"아, 피곤하다."

돌아온 남편의 첫 마디를 들으니 화가 불쑥 치밀었다.

"온종일 놀고 와 놓고 뭐가 피곤해? 그러게, 일찍 좀 오라니깐."

"뭐 하나 타려면 줄을 한 시간씩 서는데 어떻게 빨리 와? 왕복 두 시간이나 운전을 했는데 피곤하지 그럼."

"......"

　내 인생의 아킬레스건인 운전. 운전하면 날개를 다는 거라는데 그 날개 아직 제대로 달아본 적이 없다. 오늘만 해도 그렇다. 운전을 잘하면 레고랜드는 내가 데리고 갈 수도 있었을 텐데. 부모 중 하나가 집에 있어야 할 때 남편이 나가고 내가 집에 있게 되는 이유는 주로 운전 때문이다. 괜히 남편에게 짜증을 내고 나니 마음이 안 좋다. 이럴 때 멋지게 차 키를 뽑아 들고 나가 한 바퀴 바람을 쐬고 나면 기분이 나아질 텐데.

　운전 겁쟁이인 나로 말할 것 같으면 30대 초반 운전면허 시험을 칠 때 도로 주행이 너무 무서워서 면허만 따면 다시는 운전을 안 하리라 다짐한 사람. 큰애 어린이집 다닐 때 용기를 내어 도로 연수 20시간을 받았지만 둘째 임신 사실을 알고 그만두었다. 둘째가 어린이집 다닐 때 다시 20시간 추가 연수를 받았으나 내 운전 실력은 동네를 벗어나지 못했다. 꼭 필요한 때가 아니면 하지 않았고, 혼자 다닐 땐 늘 대중교통을 이용했다. 걸어서 갈 수 있는 거리에 아이들 학교와 대형마트가 있고 마을버스가 아파트 앞까지 들어오는 환경에서는 차 없이도 그럭저럭 살만했다.

그런데 영국에 오니 상황이 달라졌다. 입국 전에 영국에 사는 한인 엄마들이 모여 있는 네이버 카페에서 "영어보다 운전"이라는 말을 듣고 좌절했다. Thank you 만 할 줄 알아도 마트에서 장을 볼 수 있지만, 운전을 못 하면 당장 마트에 가는 것 자체가 어렵단다.

아이가 배정받은 초등학교 역시 차로 10여 분을 가야 하는 거리에 있었다. 영국은 초등학교 6학년이 되기 전까지 보호자가 아침에 학교에 데려다주고, 하교 후 데리고 오는 시스템이다. 퇴로는 없다. 동네 운전학원을 검색해서 12시간동안 영어로 연수를 받고 운전을 시작했다.

'혼자 역주행하면 어쩌지...'

운전 연수를 받기 전에는 운전석 방향이 반대라는 사실부터 겁이 났다. 하지만 실제 운전을 하니 나 혼자 도로에서 운전하는 게 아니라 다른 차들도 함께 달리고 있기 때문에 방향은 생각보다 큰 문제가 되지는 않았다. 고개를 돌려 오른쪽을 봐야 하는 게 낯설었지만, 의식적으로 반복하니 점차 익숙해졌다.

문제는 너무나 좁은 도로. 그마저도 양쪽으로 주차된 차 사이를 조심스레 지나가야 하는 난코스가 많았다. 그 상황에 맞은편에서 오는 차를 보면 등에서는 식은땀이 절로 흘렀다. 무엇보다 영국의 흔한 회전교차로(Roundabout)는 내게 쥐약이었다. 주로 신호가 없기 때문에 눈치를 보다가 재빨리 끼어들어야 하는데 만년 초보운전자에게는 쉽지 않았다. 내 뒤로 차가 쭉 늘어져 있는 상황에서 그 부담감이란.

그렇게 1년 학교와 집을 왕복하다 갑자기 집주인이 재계약을 못 하겠다고 해서 예상치 못하게 이사를 하게 되었다. 기왕 옮기는 것 도보 통학이 가능한 집으로 알아보았고, 운 좋게 계약이 되었다. 이제 하루 두 번 긴장하며 학교 앞 주차 자리를 찾을 필요도 없고, 겨울에 언 유리창을 뜨거운 물로 녹이면서 동동거리지 않아도 되어 스트레스가 반 이상 줄었다. 그러나 절실하게 운전할 필요가 없어지니 그나마 조금 늘었던 운전 실력은 도루묵.

다시 돌아온 여름 방학. 한 달 보름이 되는 긴 시간 동안 다른 엄마들은 캠프도 보내고, 놀이공원도 데려가는데 우리는 별 해당 사항이 없다. 한국에서 수영이나 축구, 태권도를 시키면 집 앞에서 셔틀버스를 태우고 끝나면 다시 데려다줬는데, 이 나라에서 그런 특급 서비스는 기대하기 어렵다. 어딜 좀 데리고 가볼까 싶어도 차로 20분 내 갈 수 있는 거리를 대중교통으로는 한 시간여를 갈아타고 가야 하니 그냥 포기하고 집에 있게 된다. 종일 게임을 하며 집에서 뒹굴뒹굴하는 아이들을 보면 답답함과 함께 한숨이 나온다. 차가 세워져 있는데 왜 쓰지를 못하니. 자괴감이 들기도 한다.

그래도 "다시 운전할래?"라고 물으면 고개를 젓게 된다. 한국과 영국에서 도합 52시간의 연수를 받았지만 도무지 익숙해지지 않는 운전. 운전을 못 해서 불편한 건 맞지만 어쩌면 그 사실 자체에 너무 매몰되어 있었던 건 아닐까. 방학 때 뭐 할까 묻는 나에게 그냥 집에서 편하게 쉬는 게 좋다고, 아는 사람이 없는 낯선 곳에 가고 싶지 않다는 아이들의 대답에 아차! 싶었다. 아이들이 정작 가고 싶어 하지도 않는 캠프 때문에 내 속을 끓이고 있었다니.

벌써 한국으로 돌아가기 전 마지막 맞는 여름방학이다. 주로 방학에는 집, 근처 공원에서 보냈지만 이번 방학은 좀 달라지고 싶다. 운전을 못 한다고 위축되어 집에만 갇혀있지 말고 기차를 타고 런던 시내에 간다든지, 걸어서 갈 수 있는 학교 홀리데이 클럽을 보낸다든지, 아이 친구들을 초대해 플레이 데이트를 한다든지 말이다. 기동성 있는 엄마가 아니라 불편하고 느릴 수는 있지만, 그 안에서 적극적으로 즐거움을 찾아야겠다는 생각이 든다.

약점도 부족함도 없이 완벽하다면 좋겠지만 그건 불가능한 일. '누구나 자기의 한계 안에서 사는 거지, 빈틈이 좀 있으면 어때' 싶으니 스스로 너그러워진다. 오죽하면 "영어보다 운전"이라는 영국 생활이라지만, 운전은 서투른 대신에 영어는 할 수 있으니 내가 못 하는 것에서 시선을 돌려 잘할 수 있는 것을 찾아보자. 막힌 길 앞에서 한탄하는 것은 이제 그만. 인생의 우회로는 언제나 있는 법이니까.

우리들의 '어바웃 타임'

영국의 남서쪽 땅끝마을, 아름다운 풍광과 서핑을 즐기는 사람들로 북적이는 여름 휴양지, 한국 사람들에게는 '영국의 제주도'라 불리는 곳, 영화 '어바웃 타임(About Time)'의 촬영지, 바로 콘월(Cornwall)이다. 런던에서 차로 6~7시간이 걸리는 외진 위치라 그간 한국에는 잘 알려지지 않았는데, 지난 6월 G7 회의에 우리나라 대통령이 참석하면서 언론에 많이 보도된 곳이다.

아직 겨울이 맹위를 떨치던 2월 말, 나는 여름 휴가지를 검색하고 있었다. 연중 가장 길게 여행을 할 수 있는 소중한 기회인데다 이번이 영국에서 마지막 여름휴가라 여느 때보다 신중하게 여행지를 알아보았다.

"1주일이니 멀리 가려면 스코틀랜드 아니면 콘월인데…

스코틀랜드는 작년에 갔다 왔고 그럼 콘월이지."

"그래, 그럼 지금 예약하자."

콘월에 가본 적이 있는 주위 사람들에게 물어보니 반응이 극명하게 갈렸다. 날씨가 좋을 때 간 사람들은 영국에서 가장 멋진 곳이라며 극찬했고, 날씨가 안 좋을 때 간 사람들은 최악의 휴가였다고 혹평했다. 관건은 날씨였다.

드디어 7월, 매일같이 콘월 날씨를 확인했다. 최고기온 19도에 주로 흐림, 간혹 구름 뒤에 햇살, 종일 비바람이 예고된 날도 있었다. 가뜩이나 올해 여름은 춥고 비가 많이 왔는데 여름휴가까지 두꺼운 옷에 비바람을 맞고 다녀야 한다니 한숨이 나왔다.

"이래서 영국 사람들이 그렇게 스페인, 그리스에 가는 거야."

실망한 남편이 말했다. 미리 싸놓은 짐에서 수영복과 원피스를 뺀 대신 두꺼운 긴소매 옷과 방수 점퍼를 챙겨 넣었다. 2년 전 여름, 뜨거운 태양 아래 알맞은 온도로 데워져 놀기 좋았던 스페인 바닷가가 눈앞에 자꾸 어른거렸다.

휴가 당일 아침 일찍부터 서둘러 콘월을 향해 출발했다. 가는 중간에 오락가락하는 비를 보며 '그럼 그렇지.' 아쉬움과 실망감으로 가득 찼다. 그런데 6시간이 지나 첫 번째 목적지인 틴타겔(Tintagel)에 도착하자마자 거짓말처럼 날씨가 바뀌었다. 찬란히 빛나는 햇살 아래 저 멀리 모습을 드러내는 틴타겔 성. 짙푸른 바다, 하얗게 부서지는 파도로 둘러싸인 절벽 위에 세워진 성이라니!

가히 아서왕의 전설이 시작될만한 곳이었다. 지금은 무너져 성의 일부만 남아있는데 그래서 더 신비하게 느껴지기도 했다. 엑스칼리버 검을 들고 틴타겔을 지키는 아서왕 동상이 자리한 정상에 올라 사방을 둘러보니 막힌 곳 없이 하늘과 바다뿐인 광경에 가슴이 뻥 뚫렸다.

영국에서 여러 성을 다녀봤지만, 어디와도 다른 독특한 풍경에 연신 감탄이 나왔다. '아, 내가 이걸 보려고 여섯 시간을 달려온 거구나.' 이곳 하나만으로도 콘월에 온 가치가 있다고, 내일부터 비바람이 쳐도 아깝지 않다는 생각마저 들었다. 콘월 여행, 일단 시작이 좋았다.

영국에서 마지막 여름휴가라 특별 배려를 받은 것일까? 이후에도 날씨 요정의 호의는 계속되었고, 콘월은 다양한 매력으로 나를 사로잡았다. 일단 자연이 눈부시게 아름다웠다. 카리브해 부럽지 않은 에메랄드빛 바다, 서로 다른 매력의 골든 샌드 비치는 가는 곳마다 감탄을 자아냈다.

유서 깊은 역사적 장소, 박물관과 미술관도 잘 관리되어 있었다. 아무리 자연이 좋다고 한들 일주일 내내 비슷한 풍경만 보면 단조로울 수 있는데 문화·예술·역사까지 배우고 향유할 수 있다니 이보다 더 좋은 여행지가 있을까. 일주일을 매일 다른 테마로 다녀도 지루하지 않았다. 콘월은 내게 종합선물세트 같은 여행지였다.

전혀 기대하지도 않았는데 딱 하루, 햇볕이 쨍쨍 내리쬐는 선물 같은 날이 주어졌다. 이런 날은 무조건 바다로 가야지! 해가 나도 수온이 낮은 영국 바다에서 다들 어떻게 노나 했더니 해녀복 같은 웻수트(wetsuit)를 입어 체온을 유지한단다. 도착하자마자 자기 몸만 한 서핑보드에 몸을 의지한 채 신나게 파도를 타는 큰아이. 웻수트 가격이 만만치 않아 선율이랑 남편 것만 샀는데, 자긴 필요 없다고 모래놀이만 해도 된다고 했던 둘째 선우는 보다 못해 그냥 입던 옷 채로 바다에 뛰어들었다.

"이게 휴가지!"

"엄마, 내 평생 최고의 여름휴가예요!

환호성을 지르며 즐거워하는 남편과 첫째를 보며, 둘째와 오래 모래성을 쌓았다. 아직 모래놀이에 진심인 만 여섯 살, 단단하게 성을 쌓아야 한다며 바닷물을 나르느라 팔랑팔랑 뛰어다니는 모습을 보니 웃음이 절로 나왔다. '아, 지금이 우리에겐 제일 좋은 순간이구나.' 하는 생각이 들었다. 아직 세상 근심 없이 노는데 집중하는 아이들, 그걸 흐뭇하게 바라보는 부모일 수 있다는 것이.

내 인생 영화 '어바웃 타임'에서 주인공 팀(Tim)은 아버지와 영원한 이별을 앞두고 마지막 시간여행을 떠난다. 과거로 돌아가 탁구를 치며 즐거운 시간을 보낸 두 사람, 팀은 마지막으로 볼에 입을 맞추며 작별 인사를 건넨다.

"My son..."

"My dad..."

애써 웃고 있지만 감출 수 없는 슬픔으로 서로를 바라보던 아버지와 아들. 마지막으로 하고 싶은 것을 묻는 팀의 질문에 아버지는 딱 하나 하고 싶은 게 있다고 답한다. 아버지의 마지막 소원은 팀의 유년 시절 함께 거닐었던 바닷가로 잠시 돌아가는 것. 두 사람은 어두운 방으로 들어가 눈을 감고 두 주먹을 꼭 쥔 채 함께 시간여행을 떠난다. 인적이 드문 한적한 바닷가에서 같이 걷고 달리며 어린 시절 추억을 되살려보는 아버지와 아들. 카메라는 파도를 바라보는 부자(父子)의 뒷모습을 멀리서 담아낸다. 영화에서 가장 애틋하게 아름다운 장면이다. 이제 그 영화에 우리의 추억도 덧입혀졌다.

기쁘고 행복한 순간보다 지루하고 고된 일상을 견디는 게 우리네 삶이라는 걸 안다. 일상에 지친 어느 날, 나도 팀처럼 눈을 감고 시간여행을 떠나봐야지. 그때 눈이 시리도록 푸른 콘월의 바다와 행복했던 우리 추억이 떠올랐으면. 그럼 '그때 참 좋았지. 그런 날 또 올 거야.' 스스로 다독이며 다시 씩씩하게 살아갈 수 있을 것 같다. 잊지 못할 추억을 선사해준 여름이 저물고 있다.

붙잡거나 흘려보내고 싶었던

이사의 기쁨과 슬픔

영국에 온 첫해 여름, 하교하는 아이들을 데리고 집으로 가려는데 남편에게 전화가 왔다. 한창 일할 시간인데 이 시간에 오는 전화는 다소 불길함이 깃들어 있다. 아마 급하거나 중요하거나 둘 다일 것이다. 긴장된 목소리로 전화를 받았다. 내용인즉슨 방금 부동산에서 연락이 왔는데 집주인이 재계약을 못 하겠단다. 얼마 전만 해도 별 문제없다고 했는데 이게 무슨 날벼락 같은 소린지. 풀이 죽은 목소리로 남편은 집주인이 "세입자로서 우리를 신뢰할 수 없다고 나가 달라"고 했다고 전했다. 이유는 얼마 전 페인트 건.

사건의 전말은 이러하다. 지난달 갑자기 집주인이 집 전체에 페인트를 칠하겠다고 통보해왔다. '사람이 살고 있는 집에 굳이 지금 페인트를 칠한다고? 하고 나면 깔끔하긴 하겠지만 냄새는 어떡한담.' 썩 달갑지는 않았으나 알겠노라고 답했다. 약속한 날 아침, 8시 전까지 인부들이 오기로 했는데 아무런 인기척이 없었다. 약속을 잊었나 보다고 별생각 없이 넘기고는 아이들을 학교에 태워주느라 8시 25분쯤 집에서 나왔다. 이게 내 쪽에서 기억하는 진실.

페인트 업체와 집주인의 주장은 8시 10분쯤 도착해 우리 집 현관문을 세 번 두드렸으나 아무도 안 나오더란다. 안에 사람이 있는 것 같긴 한데 문을 안 열어주니 밖에서 10분쯤 기다리다가 돌아갔다고. 이 일로 집주인은 세입자 과실로 약속된 작업을 못 했으니 업체 출장비 및 인건비 300파운드, 한화로 약 45만 원을 지불하라고 했다. 게다가 이 일을 빌미 삼아 재계약 불가 통보까지. 당황스러움, 억울함, 막막함... 여러 감정이 한꺼번에 파도처럼 밀려왔다. 통화를 끝내고 길가에 망연자실 서 있는데 지나가던 동네 친구 아슬리가 나를 붙잡았다.

"무슨 일 있어? 얼굴이 왜 그래. 일단 우리 집에 가서 차 한잔하자."

자초지종을 다 듣더니 아슬리가 하는 말.

"정인, 나쁜 일이 있으면 꼭 좋은 일이 따라오게 되어있더라고. 나는 이번 기회에 너 학교 근처로 이사할 수 있으면 좋을 것 같은데? 매일 하루에도 여러 번 애들 학교랑 집 왔다 갔다 하느라 고생하잖아. 어쩜 잘 된 건지도 몰라. 너무 걱정하지 마."

고개를 끄덕이면서도 그냥 집주인과 잘 얘기해서 그대로 살았으면 했다. 집은 구한다 쳐도 해외 이사로 고생한 기억이 생생한데 다시 이사라니, 받아들이고 싶지 않았다. 집에 와서 렌트 매물을 찾아보려고 영국 온라인 부동산 사이트에 들어갔는데 익숙한 집 사진이 떴다.

어라, 이건? 우리에게 재계약 불가라고 얘기한 지 한 시간도 채 지나지 않았는데, 벌써 '세입자 구함'이라고 떡하니 올려놓다니. 남편이 다시 부동산과 통화를 했지만, 집주인은 예상대로 마음을 바꾸지 않았다. 도리어 300파운드를 물어내지 않으면 보증금에서 깎겠다고 협박 아닌 협박을 했다. 한국이나 영국이나 내 집 없는 설움은 매한가지구나.

부랴부랴 우리도 이사할 집을 알아보았다. 아이들 학교에서 도보 통학이 가능한 곳에 딱 두 집이 있었다. 둘 중에 새로 리모델링해서 깔끔한 집이 눈에 들어왔다. 지금 사는 집보다 방과 화장실이 하나씩 많고, 다락이 있는 3층 집. 정면에는 공원이 있어 산책하기 좋고, 동네 아이들이 모이는 놀이터가 창 너머 보일 정도로 가까이 있는 것이 장점.

집 상태와 위치 모두 마음에 쏙 들었지만 문제는 가격. 살던 집보다 500파운드가 더 비싸 우리 형편엔 부담이 되었다. 그런데 마침 최근 영국에서 대학원을 졸업하고 취업한 사촌 동생이 살 곳을 찾고 있었다. 동생에게 방 하나를 내주고 월세를 나눠 내기로 하면서 생각보다 쉽게 해결이 되었다.

이사도 걱정했던 것보다 순조로웠다. 다행히 한인 이사업체의 도움을 받아 반 포장이사를 했다. 책이나 옷 같은 기본 짐은 미리 싸놓고, 가구, 가전, 그릇같이 혼자 싸기 어려운 짐은 당일 포장해서 옮겨주셨다. 이삿날, 정신없는 남편과 나 대신 아이들을 봐준 친구와 밥과 반찬, 국까지 만들어 집으로 배달해준 이웃 덕분에 무사히 마칠 수 있었다.

마지막 남은 난제는 보증금. 그새 정이 든 옆집 할아버지께 상황을 말씀드렸더니 "이 집은 매년 세입자를 갈아치우는 집이야. 이번엔 좀 오래 살게 할 줄 알았더니 똑같네. 꼭 보증금 떼이지 말고 다 돌려받아"라고 신신당부를 하셨다.

주위에 물어보니 내 잘못이 아니라는 것에 의견이 일치했다. 처음엔 그냥 집주인 말대로 해주고 잊어버릴까도 생각했지만 할아버지 말씀을 듣고 마음을 바꿨다. 흥, 외국인 세입자라 만만했나 본데 사람 잘못 봤다고. 우리가 또 억울한 건 못 참지! 결국 보증금 분쟁(deposit dispute)으로 가기로 했다.

영국에서는 정부가 보증하는 보증금 보호 시스템이 있다. 의무가입이며 보통 DPS(Deposit Protection Service), MyDeposits, TDS(Tenancy Deposit Scheme) 세 곳 중 한 곳을 선택해 가입한다. 그중 우리는 TDS에 가입되어 있었다. 이사를 나갈 때 집주인은 처음 입주할 때와 비교해 집에 손상된 부분이 있거나 청소가 미흡한 경우 해당 금액을 보증금에서 제할 수 있다. 이때 세입자의 동의가 필수고, 동의하지 않는 경우 분쟁으로 가게 된다.

분쟁은 인터넷 서면 제출 방식으로 과정은 생각보다 간단했다. 집주인이 먼저 왜 보증금을 다 돌려줄 수 없는지 이유를 제출했고, 우리는 그 일에 책임이 없다고 반박했다. 페인트칠은 사전에 협의한 일이기 때문에 일부러 문을 열어주지 않을 이유가 전혀 없으며, 집안에 사람이 있다는 걸 인지하고 있었다면 더 적극적으로 문을 두드렸어야 했다는 점을 피력했다.

양쪽의 의견을 들은 후 보증금 보호기관이 최후 판결을 하는데 결과는 두둥, 우리의 승! 오랜 시간 마음을 졸이고, 늦은 밤마다 남편과 둘이 컴퓨터 앞에 앉아 영어 작문을 한 노력이 큰 보람으로 돌아왔다. 금액보다 우리 잘못이 아니라고 인정받은 기쁨이 더 컸다.

두 번째 집에서 살면서 구석구석 정이 많이 들었다. 평생 아파트에서만 살다가 주택에 처음 살아보는 나는 뒷마당의 매력에 흠뻑 빠졌다. 여름이면 워터 슬라이드를 설치해 아이들이 물 미끄럼을 타는 동안 어른들은 바비큐를 준비했다. 깔깔대는 웃음소리를 배경음악 삼아 차갑게 칠링한 화이트 와인을 마시면 어딜 따로 가지 않아도 그 자체로 완벽한 여름을 즐길 수 있었다.

코로나19 봉쇄령으로 하루 한 번 운동 목적으로만 바깥 출입이 허용되었던 때도 집 앞 공원이 있어서 얼마나 위로받았는지. 놀이터도 테니스장도 다 막혔지만 산책로와 넓은 풀밭은 열려있어서 아이들과 걷고 달리며 그 지난한 날들을 버렸다.

학교 문이 다시 열린 뒤에는 걸어서 등교할 수 있어서 아침 시간이 좀 더 여유로워졌다. 단축된 10분과 사라진 운전 스트레스로 아이들을 닦달하고 화내는 일이 줄었다. 등 떠밀려 한 이사였지만 결국 아슬리의 말대로 전화위복이 된 셈이다.

살다 보면 꽁꽁 엉킨 매듭 같은 일이 찾아올 때가 있다. 그럴 때마다 머리를 맞대고 영어로 반박문을 쓰던 숱한 밤과 포기하지 않고 얻어낸 우리의 작은 승리를 기억해야지. 다정한 이웃들의 도움의 손길이 있었다는 것도. 비록 불행의 외피를 쓰고 있더라도 속을 열어보면 행운의 씨앗이 들어있을 수 있으니 용기를 잃지 말 것. 언제든 고개만 돌리면 푸른 잎사귀들이 바람에 흩날리는 풍경을 볼 수 있던 작고 긴 나의 3층 집을 오래 그리워하게 될 것 같다.

아무리 영국 집에선 쥐가 흔하다지만

주재원 발령이 난 남편을 따라 시작된 영국 생활. 기간은 3년. 이 나라에 계속 사는 게 아니라 돌아갈 날이 정해져 있기에 긴 여행을 온 것 같은 느낌으로 산다. '여행지에서는 원래 조금 불편한 거지' 생각하면 웬만한 상황은 의연하게 넘어갈 수 있었다. 물론 짜증나는 일은 왕왕 있었지만.

툭하면 여우가 음식물 쓰레기통을 파헤쳐서 지난주 뭘 먹었는지 동네방네 전시해놓는다거나, 싱크대에서 물이 내려가지 않아 플런저(일명 뚫어뻥)로 뚫다가 옷에 오물이 튀어버린 날, 더운 여름 문을 열어놓으면 어김없이 들어와 윙윙거리며 날아다니는 크고 뚱뚱한 파리 같은.

그럴 때마다 욱하기도 하지만 나중에 이 모든 것이 그리움이 될 것을 예감할 수 있었기에 영국 생활이 싫지는 않았다. 그렇지만 그중에 딱 하루, 당장 짐을 싸서 한국으로 떠나고 싶은 날이 있었다.

영국에서 맞이한 두 번째 여름, 아이들을 재우러 간 남편을 기다리면서 식탁 의자에 앉아 핸드폰을 뒤적거리고 있는데, 뭔가가 발 옆으로 쓱 지나가는 걸 느꼈다. '설마... 아니겠지... 아닐 거야....' 마음 한구석에 스멀스멀 불안감이 피어올랐지만, 믿고 싶지 않은 마음에 애써 다시 핸드폰으로 시선을 옮겼다. 잠시 뒤 다시 빠르게 지나가는 작고 검은 털 뭉치, 길고 가느다란 꼬리를 보는 순간 소리를 지르고 말았다.

"으아아아악! 남편!! 자기야!!"

그 시커먼 물체와 대치하는 상황이 될까 무서워서 움직이지는 못하고, 이층 아이들 방에서 잠들어버린 남편을 마구 불렀다.

"자기야, 쥐!! 쥐가 나왔다고! 빨리 내려와 봐!"

잠이 덜 깨서인지 시골에서 자라 쥐가 낯설지 않은 것인지 침착한 남편.

"쥐라고? 어디서 나왔는데?"

"여기서 나와서 이쪽으로 도망갔어. 어떡하지? 어떡해...
쥐라니...."

"이 밤에 뭐 할 수 있는 게 있겠어? 내일 부동산이랑 집
주인에게 얘기해서 방법을 찾아보자."

원체 작은 벌레도 무서워하고 잡기 힘들어하는데 쥐는 크
기로 보나 부피감으로 보나 어나더 레벨이다. 온몸이 떨리
고 당장이라도 눈물이 날 것 같은 나와 달리 유튜브 영상에
정신 팔린 남편을 보고 있자니 더 속이 상했다.

쥐 박멸, 쥐 퇴치, 영국 집 쥐 같은 검색어로 인터넷 검
색을 시작했다. 영국 집에서는 생각보다 흔한 일인지 경험
담이 꽤 나왔다. 아래층에 식당이나 카페를 하는 상가주택
은 99.99%고, 우리 같은 단독주택에도 자주 출몰한단다.
참, S 언니네 집에도 쥐가 여러 마리 나와서 고생했댔지.
처음에는 한두 마리가 보였는데 나중엔 주방 수납장에서도

튀어나오고, 대담해진 쥐가 식탁 위에도 올라왔다는 이야기를 듣고 경악했던 기억이 났다. 설마 그래도 우리 집 얘기는 아닐 줄 알았는데...

쥐가 나왔다는 문자를 보내자마자 곧 전화가 왔다. 따뜻한 위로의 말을 들으니 참았던 눈물이 났다. 아마 먹이를 찾아서 집에 들어왔을 거라고, 쥐가 좋아할 만한 음식을 치우고, 밀봉해서 가능한 선반 위쪽으로 올려놓으라고 했다. 그리고 보니 바닥에 둔 쌀 포대 주위로 낱알이 몇 개 떨어져 있는 게 보였다. 쌀과 잡곡을 전부 밀폐 용기로 옮기고, 바닥에 혹 과자 부스러기가 있는 건 아닌지 잘 닦았다. 한번 쥐를 보니 아늑하던 집 전체가 다 의심스러워졌다. 긁적긁적, 괜히 온몸이 간지러운 건 기분 탓일까. 오늘 밤에 잠은 어떻게 잔담.

하루가 멀다 하고 만나는 친구 아슬리에게 하소연했더니 금방 달려와 현관문을 두드리는 그녀. 자정이 가까운 시간에, 초음파 해충퇴치기 여러 개를 든 채로. 플러그마다 꽂아두면 최소 2층, 3층까지 올라오지는 않을 거라고 눈이 빨개진 나를 안쓰러워하며 꼭 안아주었다. 역시 이럴 땐 이웃사촌이 남편보다 낫구먼. 덕분에 꼬리에 꼬리를 무는 막연

한 공포심에서 조금은 벗어나 잠을 청할 수 있었다.

　다음 날 남편은 부동산과 집주인에게 연락을 했다. 웨일스(Wales) 출신의 집주인은 들어온 녀석이 들쥐(rat)냐, 생쥐(mouse)냐를 먼저 물었다. 우리는 그게 그거 아닌가 싶었지만 집주인의 설명을 들어보니 들쥐는 병균을 옮길 수 있고 비위생적인 동물이라 문제가 되지만, 생쥐는 그저 먹을 것을 찾아 집에 잠깐 들어온 것뿐 큰 문제가 아니란다.

　남편이 아내가 너무 놀라서 잠도 못 자고 난리가 났다고 했지만 돌아온 답은 역시 별일 아니라는 듯, "생쥐가 너희 와이프를 보고 더 놀랐을 거야!" 농담을 던졌다. 나중에 들어보니 서양인 중에는 생쥐를 귀엽게 생각하는 사람도 많단다. 그래서 미키마우스나 라따뚜이 같은 생쥐 캐릭터가 인기몰이를 할 수 있었나 보다.

　집주인은 원래 집수리를 전문으로 하는 사람이고, 우리가 살고 있는 집도 직접 리모델링을 한 터라 대략 어디서 쥐가 들어왔을지 파악하고 있었다. 쥐가 이동한 동선과 집주인의 추리를 더해보니 세탁기 뒤 작은 구멍에서 들락날락했던 것 같다며 꼼꼼하게 구멍을 막아주고 쥐덫도 설치해주었다.

　집주인의 빠른 조처에도 안심이 되지 않은 나는 아마존에서 추가로 쥐덫을 구입했다. 이 쥐덫은 쥐를 죽이거나 다치게 하는 게 아니라 안전하게 생포할 수 있다는 특장점을 강조했다. 쥐가 좋아할 만한 음식을 통 안에 넣어 유인하고, 잡히면 집에서 8킬로미터 이상 떨어진 공원에 풀어주란다.

쥐가 죽든 말든 상관없고 내 집에서 완전히 박멸, 퇴치해야 한다고 생각했던 나에게는 신선한 충격이었다. 한낱 미물, 해충에 불과하다고 생각했던 쥐에게도 동물권을 부여하다니. 말 못 하는 동물을 위한 권리가 보장되어 있다면 사람에 대한 존중과 권리는 기본으로 따라올 터. 내 예상보다 한참 업그레이드된 쥐덫을 통해 영국의 동물보호·복지에 관한 의식 수준이 얼마나 높은지 체감할 수 있었다.

쥐가 환장한다는 땅콩버터를 사서 쥐덫에 넣어놓고는 밤새 난감했다. 내일 아침에 쥐가 들어있어도 문제, 없어도 문제가 아닌가. 쥐가 있으면 있는 대로 징그럽고 나중에 멀리 나가 풀어줄 것도 걱정이었다. 쥐덫에 쥐가 없으면 집 어딘가를 돌아다닐 가능성이 있으니 그것도 찜찜했다.

다음 날 아침 남편이 조심스레 확인한 결과, 쥐덫은 비어있었다. 그리고 지금까지 쥐덫에 걸린 쥐는 없다. 그때 본 쥐는 세탁기 뒤 구멍으로 도망갔고, 집주인이 용케 그 구멍을 막은 것으로 믿고 있다. 아니, 믿고 싶다.

넷플릭스에 영국 드라마 《더 크라운(The Crown)》에서 여왕을 비롯한 로열패밀리가 사는 궁전에서 쥐가 쓱 지나가는 장면이 나오는 것을 보고 '역시 영국이다!' 싶었다. 런던 다우닝가 10번지 영국 총리 관저에는 하도 자주 출몰하는 쥐를 잡는 특별 고양이 보좌관을 세웠단다.

'쥐 잡는 최고 사령관' 고양이 래리의 근속 10주년 축하 기사까지 나올 정도니 말 다 했다. 여왕님이 계시는 궁전과 총리 관저에도 쥐가 있는데 우리 집이라고 없으랴마는 나는 영락없는 한국사람. 그날처럼 한국의 깔끔한 아파트로 당장 돌아가고 싶었던 날은 없었다.

아닌 밤중에 서생원과 조우한 이후, 아직도 밤늦게 혼자 1층 거실에 내려갈 때면 일단 모든 불을 환하게 켜고, 발소리도 일부러 쿵쿵대곤 한다. 오늘도 한밤중에 홀로 거실 식탁에서 글을 쓰고 있노라니 그때 내 옆을 지나가던 시커먼 털북숭이가 다시 생각이 난다. 잘 도망갔니? 우리 다시는 보지 말자, 응?

런던 지하철에서 아빠를 잃어버리다

영국에서 두 번째 맞는 크리스마스. 원래는 시아버님이 오시면 좋겠다고 생각했다. 함께 사는 사촌 동생이 한국에 가서 방 하나가 비는 김에 혼자 계시는 아버님 생각이 났다. 농한기인 겨울이니 시간도 괜찮으실 것 같고. 전화를 드렸더니 대번 그때는 어려우시단다. 이유를 여쭤보니 이장 선거가 있으시다고. 예상치 못한 답변에 웃음이 빵 터졌지만, "네네, 이장선거 중요하죠. 그럼 다음에 오셔요." 하고 전화를 끊었다.

어디 여행이나 갈까 생각하던 차에 친정 부모님과 통화를 했다. 친정아버지가 두 번째 직장을 퇴직하신 뒤로 좀 허전해하신다는 얘기를 들었다. 마음이 헛헛한 건 엄마도 마찬가지셨다. 크리스마스다 연말이다 바깥세상은 요란해지는데 나이 드신 두 분만 덩그러니 집에 계시는 것이 마음에 걸렸다. 남편과 의논한 뒤 다시 전화를 걸었다.

"엄마, 아빠랑 영국에 와서 몇 주 계시는 건 어때요?"

멀리 거기까지 어떻게 가냐고, 괜찮다고 하시는 부모님께 다소 강한 어조로 말했다.

"인생에 기회라는 게 그렇게 자주 있는 게 아니더라고요. 제 생각엔 이번에 오시면 좋을 것 같아요. 런던에 크리스마스 장식이 얼마나 예쁘다고요. 살면서 그런 걸 볼 수 있는 기회가 흔치는 않잖아요."

나보다 오래 사신 부모님께 인생의 기회까지 들먹이는 게 오버스럽긴 했지만 뭔가 감이 왔다. Now or Never. 코로나 팬데믹, 다가올 재앙의 미래를 예견이라도 했던 것일까. 큰딸의 진지한 설득에 넘어가신 부모님은 오시겠다는 확답을 보내왔고, 매달 모아왔던 가족통장에서 비행깃값을 지원하기로 했다.

크리스마스를 몇 주 앞두고 부모님이 오셨다. 엄마는 1년

전 우리가 영국에 올 때 초기 정착을 도와주시느라 두 달 반을 머무르고 가셨는데 아빠는 영국이, 아니 유럽이 처음이셨다. 영국의 겨울은 날씨가 궂기로 유명하고 오후 4시면 이미 깜깜해져서 관광하기에 적합한 계절은 아니지만 우리 아빠가 누군가. 마르지 않는 샘물과 같은 열정이 넘치시는 분! 엄마와 내가 전기장판으로 데워진 이불 속으로 파고들 때도 아빠는 매일 눈을 반짝거리며 동네 탐방을 하셨다.

그런 호기심 천국 아빠를 모시고 모처럼 런던 탐방을 하던 어느 날이었다. 하루 일정을 마치고 집으로 가는 길, 그린 파크 역에서 빅토리아 라인 지하철을 타러 갔다. 저기 문이 열리기에 "아빠, 빨리 오세요!" 외치고 달려가 냉큼 탔는데 잠시 뒤 문이 닫힌 것. 아빠도 얼른 뒤따라오셨지만 결국 타지 못했다.

나는 문 안쪽에 아빠는 문 바깥쪽에 멍한 얼굴로 마주 섰다. 곧 지하철은 출발했고, 당황한 나는 아빠를 보며 '바이바이' 손을 흔들었다. 지금 생각하면 '여기에 계시면 내가 다시 데리러 오겠다'는 손짓을 할 것 같은데 그땐 당황한 나머지 작별의 인사를 해 버린 것. 다음 역에 내리자마자 계단을 뛰어 올라가 반대편에서 열차를 갈아타고 다시 그린 파크 역으로 돌아갔다. 그런데 그 자리에 그대로 계실 거라고 생각했던 아빠가 보이지 않았다.

아... 아빠를 잃어버렸구나. 말 그대로 눈앞이 하얘지고 심장이 죄어왔다. 아빠를 어떻게 찾지? 길도 모르고 말도 안 통할 텐데, 도대체 어디로 가신 걸까? 핸드폰을 꺼내 카톡 메시지를 보냈지만 역시 전송이 되지 않았다. 런던은 지하철 내부는 물론 역사에서도 인터넷이 잘 터지지 않는다.

혹시 나를 따라 뒤에 오는 열차를 타고 다음 정거장에 내리셨을까 싶어 다음 역으로 가보았으나 거기도 계시지 않는 아빠. 이대로 영영 못 찾으면 어떡하지? 머릿속에서 벌어지는 온갖 나쁜 상상을 애써 지우며 이리저리 헤매고 다니다 역무원실 문을 벌컥 열고 거의 울기 직전의 목소리로 소리쳤다.

"아빠를 잃어버렸어요. 제발 좀 도와주세요. 어디로 가셨는지 모르겠어요. 저희 아빠는 영어도 못 하시는데...."

"걱정하지 말아요. 찾을 수 있어요. 자, 심호흡하고 천천히 말해 봐요."

친절하지만 단호한 어조에 다시 호흡을 가다듬고 상황을 설명했다. 역무원들은 CCTV를 확인하고, 무전기로 한참 통화하더니 아빠가 두 정거장 떨어진 복스홀 역에 있다고 알려주었다. 아, 감사합니다, 감사합니다! 극도의 불안감이 안도감으로 바뀌는 순간이었다. 입으로는 땡큐를 외치면서도 머리는 한국식으로 계속 고개를 숙여 인사를 하고 나와 복스홀 역으로 갔다.

"아빠!!!"

역무원실로 들어서니 과연 거기 아빠가 계셨다. 우리 딸, 많이 놀랐냐며 싱긋 웃으시는 모습을 보니 이번엔 덜컥 화가 났다. "아빠, 저랑 헤어지면 거기 그대로 계셔야죠! 그래야 제가 다시 찾아가죠. 움직이시면 어떡해요? 영영 못 만나면 어쩔 뻔했어요!" 걱정했다는 말 대신 경상도 출신 K-장녀는 모든 걸 아빠 탓으로 돌리며 화부터 냈다.

자초지종을 들어보니 아빠는 집으로 가려면 복스홀 역에서 기차로 갈아타야 한다는 걸 기억하셨고, 내가 손을 흔들자 먼저 간다는 뜻인 줄 알고 혼자 아침에 왔던 길을 되짚어가야겠다고 생각하셨단다. 막상 역에 도착하니 어디서 집으로 가는 기차를 갈아타야 할지 몰라 서성이고 있는데 그런 중년의 동양 남자를 내버려 두지 않고 말을 건 역무원이 있었다. 손짓, 발짓에 이어 영-한 구글 번역기까지 돌리면서 이것저것 묻던 찰나에 무전기로 연락이 된 것이다. 다시 여러 번 머리를 조아려 인사를 하고 집으로 돌아왔다. 집에서 기다리고 있던 엄마가 "당신, 국제미아가 될 뻔했네." 하며 아빠를 놀렸다. 그제야 좀 웃음이 났다. 그날 저녁 긴장이 풀린 탓인지 몸살이 났지만.

그 뒤로 푸른색의 빅토리아 라인을 탈 때면 아빠 얼굴이 떠올랐다. 놀라고 당황스럽고 막막하고 마침내 안도했던 그날의 기억도 함께. 다음에 그런 일 있으면 그 자리에 서 계셔야 한다고, 돌아다니면 더 못 찾는다고 뾰족하게 말하는 대신 진짜 하고 싶은 말은 얼마나 놀라셨냐고, 제가 더 잘 챙겨야 했는데 죄송하다는 말이었는데 끝내 쑥스러워 하지 못했다. 경상도+K-장녀가 어디 가나. 미처 말하지 못했던 마음을 고해성사하듯 여기에 적는다. 왠지 아빠는 이미 알고 계실 것 같지만.

부모님이 한국으로 가시고 나서 얼마 지나지 않아 코로나 확산으로 전 세계가 비상이 걸렸다. 돌아보니 그때가 해외

여행이 가능한 마지막 기회였다. 부모님은 두고두고 그때 딸 말 듣기 잘했다고 얘기하셨다. 운전을 못 하는 딸 덕에 영국까지 와서도 집에 있는 날이 더 많으셨지만 그래도 눈부시게 황홀한 런던의 크리스마스 장식을 보며 감탄하고, 다 같이 우스꽝스러운 종이 왕관을 머리에 쓰고 크리스마스 디너도 즐겼다.

역시 지금 오셔야 한다고 강권하길 잘했지. 살면서 이런 시간은 짧고 드물게 허락된다는 걸 이제는 안다. 그런 순간이 흘러가는 일상에 책갈피가 되어 가끔 미소 짓게 해준다는 것도. 그 해 크리스마스 풍경이 부모님 마음속에 오래 머물 추억으로 남기를 바라고 또 바랐다.

그릇, 이곳은 출구 없는 세계

결혼해서 아이 둘을 낳아 키우고 있지만, 요리는 늘 관심 밖이었다. 시금치를 한 단 가득 사서 다듬고 데쳐서 물기를 꼭 짜고 나면 고작 한 줌밖에 안 되는 게 허무하게 느껴졌다. 차라리 그 시간에 일해서 번 돈으로 시금치나물을 사 먹으리라 생각했다.

감사하게도 친정엄마가 때마다 밑반찬을 고루 보내주셨고, 동네에 반찬가게도 여럿 있어서 밥하고 국만 끓이면 그럭저럭 한 끼 식사가 가능했다. 밖으로 나가면 식당도 입맛대로 골라갈 수 있고, 배달은 또 얼마나 편리하게 잘 되어 있는지. 어린아이 둘을 키우면서 삼시 세끼 걱정을 하지 않았다면 거짓말이겠지만 그래도 요리조리 도움 받을 길은 언제나 존재했다.

그런데 영국에 오니 상황이 달라졌다. 일단 외식비가 만만찮은 탓에 나가서 먹는 게 쉽지 않다. 이 나라에서는 타인의 노동력을 이용하는 모든 것이 비싸다. 괜찮은 식당에서 남편과 둘이 식사하고 나면 일주일 치 식비가 고스란히 날아간다. 기분 좋게 먹고 나서 계산서를 보면 "아이고, 담엔 그냥 집에서 해 먹자" 소리가 절로 나온다. 그렇다고 좀 저렴한 식당을 찾으면 음식의 질이 급격하게 떨어지는 걸 여러 번 경험해본 터.

소위 '가성비'라는 게 존재하지 않고, 지불하는 가격과 나오는 음식의 질이 정비례하는 영국에서 외식이나 배달은 특별한 날에나 가능한 이벤트다. 냉장고를 열어보면 모두 원재료뿐, 결국 내 손으로 먹을 만한 것을 만들어내야 나와 가족들을 굶기지 않을 수 있다. 매일 생존 요리가 늘 수밖에.

그나마 아이들이 학교에 다닐 때는 아침은 시리얼, 점심은 급식, 저녁만 신경 쓰면 됐는데 문제는 코로나. 2020년 한 해 동안 세 번의 봉쇄정책으로 슈퍼마켓, 약국 등 필수 업종을 제외한 거의 모든 상점이 문을 닫았다. 식당은 포장만 가능했고, 학교 문을 닫고 온라인 수업으로 전환한 지 6개월. 매일 해야 하는 가장 중요한 일과는 간식 포함 다섯

끼를 먹는 녀석들을 먹이는 일이었다.

기약 없는 똑같은 하루의 반복, 누구를 만나서 마음을 나눌 수도 없는 외로운 시기에 음식마저 같은 걸 먹고 싶지 않아 매끼 다른 요리를 시도했다. 그나마 요리를 삶의 낙으로 여기는 남편이 파스타, 스테이크, 보쌈 같은 주말 특식을 담당해줘서 주중만 감당하면 되었지만, 실상 내가 할 줄 아는 요리라는 게 그렇게 다양하지 못했다. 주로 반찬이 필요 없는 떡만둣국, 우동, 볶음밥 같은 한 그릇 요리가 선택되었다.

시간이 갈수록 돌려막기식의 메뉴가 점차 지루해지고, 똑같은 식탁이 고루하게 느껴졌다. '그릇이라도 좀 바꿔볼까? 근데 어디서 사지? 코로나가 아니었으면 동네 채리티 숍이나 앤틱 마켓을 기웃거려볼 텐데.' 지금은 다 문을 닫은 상태. 인터넷에서 그간 눈여겨본 몇몇 그릇 브랜드명을 쳐보았다. 페이지는 주로 이베이(eBay)로 연결되었다.

이베이, 이곳은 그야말로 신세계였다. 한국에서 넘사벽 가격이라 감히 결제로 이어지지 못했던 빈티지 그릇들이 저렴한 가격에 즐비했다. 어차피 식당도 닫아서 외식도 못 하는 마당에 네 식구 한 끼 외식 값이면 근사한 빈티지 그릇 여러 세트를 살 수 있었다. 그렇게 하나둘 모은 아이들이 지금은 찬장에 빼곡히 찼다.

이베이는 주로 경매(bidding) 방식이라 막판 눈치작전이 가장 중요하다. 보통 인기 있는 품목은 입찰자가 여러 명이 붙는데 처음부터 뛰어들면 가격을 올리는 것밖에 되지 않기 때문에 일단 관심 목록에 추가해놓고 지켜본다.

경매종료가 다가온다는 알람이 뜨면 그때부턴 정신을 똑바로 차려야 한다. 막판 5분부터 열심히 가격경쟁에 참여하되 미리 마음속으로 정해놓은 선 이상으로 넘어가면 깨끗이 포기한다. 마음에 쏙 드는데 아무도 입찰자가 나타나지 않아 초 저렴한 가격에 득템한 경우가 가장 좋지만 내 눈에 예쁜 건 남의 눈에도 예쁜 법이다.

우아한 디테일이 돋보이는 초록빛의 독일산 찻잔이 올라온 적이 있었다. 마감 직전까지 비딩하는 사람이 아무도 없길래 마음을 놓고 있었는데 막판 종료 30초 전에 누가 나타나 채 갔다. "아웃비드(outbid): 죄송합니다만 해당 상품을 놓치셨습니다." 알람을 보고 얼마나 얄밉던지. 그 뒤로는 훈련받은 사냥개처럼 마지막까지 경계를 놓치지 않는다.

기억나는 성공사례도 있다. 치열한 막판 클릭 경쟁에서 낙찰 받아 내 품으로 로얄 코펜하겐 블루플라워 세트. 다른 브랜드 제품보다 훨씬 고가라 고민했지만 사용한 적이 없이 잘 보존된 제품이라 그만한 값어치가 있다고 판단했다. 백자를 연상시키는 하얀 바탕에 덴마크에서 자주 보인다는 꽃들이 진한 코발트 컬러로 그려져 있다. 전체적으로 깔끔하고 청아한 느낌이라 어떤 음식을 담아도 고급스럽게 잘 어울리고 단단하고 묵직한 만듦새도 마음에 든다.

보고만 있어도 미소가 지어지는 부엌의 예술품인데 실생활에서 사용도 가능하고, 이제는 단종 되어 쉽게 구하기 어려운 희소성까지, 헤어날 수 없는 빈티지 그릇의 매력이란 무궁무진하다.

취향이 담긴 나만의 그릇 컬렉션이 생기다 보니 나라나 브랜드별로 나름의 특징이 보인다. 먼저 가장 구하기 쉬운 건 역시 영국 그릇. 그중에 제일 대표적인 건 '퀸즈 웨어(Queen's ware, 여왕의 자기)'라 불릴 만큼 디자인과 퀄리티 면에서 왕실의 인정을 받은 웨지우드. 이런 화려한 꽃무늬 금테두리 접시들은 데일리로 쓰기보다는 손님 초대용. 식탁을 화사하게 밝혀주는 효과가 있어 봄·여름에 가장 잘 어울린다. 단점이라면 세척이 까다롭다는 점. 금장이 둘린 아이들은 손 설거지로 조심조심 닦아내야지 식기세척기 사용은 금물이다.

아침저녁으로 찬바람이 불기 시작하면 역시 아라비아 핀란드, 로스트란드 같은 북유럽 출신 그릇에 손이 많이 간다. 베이지, 그레이, 네이비 등 차분한 색감이 가을·겨울 식탁에 더 잘 어울린다. 벌써 50~60년 된 아이들인데 지금 봐도 어찌나 세련되고 독특한지. 허나 영국에서는 구하기가 쉽지 않고 가격 자체도 높게 형성되어 있어 운이 좋아야지만 하나씩 만날 수 있다.

계절과 상관없이 제일 자주 쓰는 그릇은 역시 독일 제품, 내 사랑 빌레로이 앤 보흐. 영국 그릇이 쨍한 백색에 화려하고 섬세한 편이라면 독일 그릇은 따뜻한 느낌을 주는 아이보리에 핸드 페인팅이 주가 되어 편안하고 자연스러운 느낌이 더 강하다. 접시 가장자리로 금장 대신 초록색, 갈색 테두리가 둘려있어 식기세척기 사용도 가능하다. 아름다움과 실용성을 둘 다 잡은 아이들. 작은 빵 접시 하나에도 독일식 실용주의가 스며들어 있다.

하고많은 날 책이나 들여다보던 내가 매끼 요리를 하고

그릇에 이토록 마음을 쏟게 되다니. 인생은 참 알 수가 없다. 집콕의 시대, 벗어날 수 없는 숙명 같은 부엌일 무한루프를 좀 더 견딜만하게 만드는 방법이랄까? 마치 매일 아침 오늘은 뭘 입을까 옷장 앞에서 잠시 서성이는 것처럼 어떤 찻잔을 쓸까, 어떤 접시에 담아낼까 고민하는 짧은 설렘의 시간.

아름다운 물성이 주는 확실한 위로는 언제 끝날지 모르는 깜깜한 터널 같은 한 시절을 버텨내게 해주었다. 그렇게 들어선 그릇 덕후의 길. 이제는 정말 그만 사야 하는데. 어느새 다시 이베이 창을 열고 있는 나를 발견한다. 아아, 이곳은 정말 출구 없는 세계. 똑똑, 택배 아저씨가 문을 두드리는 소리가 들린다.

집에 도둑이 들었다

어느 평범한 월요일 오후였다. 여느 때처럼 하교하는 아이들을 데리고 집으로 돌아오는 길. 찰칵, 문을 열고 들어가는데 이상하게도 평소 공기와 뭔가 미묘하게 다른 느낌이 들었다. 희한하네. 이게 왜 여기에 떨어져 있지? 바닥에 제멋대로 흩어진 쇼핑백을 하나씩 집어 들며 거실에 들어서는 순간, 온몸이 얼어붙었다.

1층 거실 서랍장, 주방 싱크대 상·하부장 가릴 것 없이 문이란 문은 다 열려 있고, 안에 있던 물건들이 죄다 쏟아져 나와 있는 게 아닌가. "악, 이게 뭐야?" 처음엔 당최 상황 파악이 안 되어 멍했는데 뒷마당으로 나가는 문이 활짝 열려 있는 것을 보고서야 정신이 들었다.

'아... 도둑이 들었구나.'

영국에 살면서 집에 도둑이 들었다는 이야기는 심심치 않게 들었지만 직접 당하니 충격이 이만저만이 아니었다. 인적이 드문 외진 곳에 있는 집도 아니고 사람들이 자주 지나다니는 대낮에 이런 일이 벌어지다니. 게다가 아이들이 학교에서 오는 시간에 맞춰 들어왔으니 이 시간에 내가 규칙적으로 집을 비운다는 것을 알고 있었을 터. 그동안 어디선가 나를 지켜보고 일과와 동선을 파악하고 있었다는 게 특히 소름 끼쳤다.

'혹시 아직 위층에 있는 건 아닐까?' 도둑이 든 집을 보는 것보다 더 무서운 건 그들과 직접 마주치는 일일 게다. 쿵쾅거리는 심장과 벌벌 떨리는 팔다리를 부여잡고 일단 아이들을 데리고 집 밖으로 나왔다. 인제 어떻게 해야 하나 고민하다 방금 학교에서 같이 걸어온 동네 친구 샤메인 생각이 났다. 그녀라면 선뜻 도움을 줄 수 있을 것 같았다.

"오, 정인. 지금 당장 경찰에 신고부터 해야 해."

"나 지금 너무 떨려서 제대로 말을 못 할 것 같은데, 혹시 와줄 수 있어?"

"알았어. 지금 당장 갈게."

전화를 끊자마자 달려와 준 친구와 함께 999(영국의 범죄 신고 전화번호는 999다)로 전화해 사건 경위를 진술했다. 일단 사람이 다치지 않은 걸 확인한 경찰은 늦어도 24시간 내로 방문할 테니 아무것도 건드리지 말고 그대로 두란다. 네? 저기요, 24시간이라고요?! 당장 출동한다는 말을 기대했는데 24시간이라는 말을 들으니 기가 막혔다.

친구 집으로 가서 기다리고 있으니 다행히 두 시간이 못되어 경찰이 도착했다. 지문 감식을 하러 온 여성 경찰관과 함께 2층으로 올라가 보니 각 방의 상황은 1층보다 더 처참했다. 특히 우리 부부가 쓰는 3층 침실은 흡사 지진이라도 난 것 같았다. 모든 옷과 가방, 서랍 속 물건들이 바닥에 쓰레기더미처럼 쌓여있었다.

경찰은 은빛 특수 분말을 집안 곳곳에 묻혀 범인의 흔적 하나라도 찾아보려고 애썼지만 소용이 없었다. 당연히 장갑을 꼈겠지, 그렇게 허술했을 리가. 처음 경험해보는 과학수사는 어떤 성과도 없이 그렇게 종결되었다.

경찰이 다녀간 뒤 초토화된 집을 정리하기 시작했다. 그나마 불행 중 다행은 피해 규모가 크지 않다는 점. 일단 중요한 노트북과 카메라, 아이패드 같은 전자기기는 그대로 있었다. 심지어 노트북은 식탁 위에 있었는데도 손대지 않았다. 주위에 물어보니 쉽게 현금화할 수 있고 추적이 어려운 금, 보석, 현금을 노리는 거라고 했다. 특히 아시아인들이 집에 금을 둔다는 소문이 있어서 자주 표적이 된단다.

결혼예물도 한국에 다 두고 왔고, 집에 특별히 값나가는 물건이 없던 터라 잃어버린 건 같이 사는 사촌 동생의 십년이 넘은 된 명품 가방과 남편의 새 운동화, 현관 앞에 둔 한국산 마스크 40여 장 정도다. 위드 코로나 이후 마스크 쓰는 사람이 현저히 줄어든 영국에서 왜 굳이 마스크를 훔쳐 갔는지 의문이지만 오죽 가져갈 게 없으면 그런 자잘한 물건을 가져갔겠나. 도둑이 선택한 예상 밖의 아이템에 피식- 웃음마저 났다.

그날 이후로 경찰 측과 몇 번의 전화와 이메일을 주고받았다. 업무가 체계적으로 연계되지 않는지 매번 같은 질문과 답을 반복해야 했다. 그때마다 그들이 강조했던 것은 범인 검거보다 내 정신 건강이었다.

"저기 근데, 피해자분은 괜찮으신 거죠? 필요하시다면 심리 상담을 연결해드릴 수 있습니다."

2017년 당시 총리였던 테레사 메이가 정신보건 개혁안을 발표한 이후 영국에서는 신체 건강 못지않게 정신 건강이 중요한 사회적 의제로 부상했다. 그 일환으로 범죄 피해 이후 정신적으로 타격은 없는지 확인하는 매뉴얼이 있는 모양이었다. 나는 "고오맙지만 내 정신건강은 내가 알아서 할 테니 빨리 범인이나 잡아 달라"고 외치고 싶었지만, 그저 "노 땡큐"로만 답했다.

사실 범인 검거에 큰 기대가 있는 건 아니었다. 주변에서 경찰에 신고해도 소용이 없다, 수사 의지가 없더라는 말을 많이 들었기 때문이다. 자료를 찾아보니 영국에서 주거침입 절도죄는 가장 흔한 범죄로 평균적으로 108초에 한 번씩, 즉 한 시간에 34번씩 일어난다고 한다. 계산해보면 하루에 816건인 셈이다. 그에 반해 경찰 인력과 예산의 감소로 95%가 미해결 상태라고 한다.

실제로 사건 발생 후 2주가 지난 뒤에서야 경찰이 방문해 집이나 이웃에 CCTV가 있는지 확인했다. 별 소득이 없자 며칠 뒤 추가적인 증거가 없으니 사건을 종결하겠다고 연락을 해왔다. CCTV가 곳곳에 설치되어 있고 강력범죄 검거율 세계 1위인 대한민국에서 온 나로서는 답답하기 그지없지만 여기는 영국.

결국 개인적으로 보안을 강화하는 것 말고는 달리 방법이 없었다. 집주인에게 말해 도둑이 망가뜨린 현관문 잠금장치를 수리하고, 그동안 소홀히 했던 이중 잠금을 철저히 하기로 했다. 바깥에서 잘 보이는 곳에 CCTV를 설치하고, 창문에 경고 문구를 담은 커다란 스티커도 부착했다. 집을 비울 때는 꼭 거실 등을 켜놓을 것. 진작 이렇게 했으면 좋았을 걸 후회했지만 인간은 경험의 산물인 것을. 피해를 본 집의 63%가 기본적인 보안장치가 없는 집이었고, 그중 1/3이 다시 털린다고 하니 추가적인 피해를 막기 위해서는 보안 시스템 설치가 필수적이었다.

그래도 이날이 최악으로만 기억되지 않는 건 아낌없이 손을 내밀어준 이웃이 있었기 때문이다. 경찰에 신고하는 걸 도와준 샤메인은 남편과 내가 집을 치우는 동안 아이들 저녁을 해먹이고, 읽기 숙제까지 봐줬다. 혹시 집에서 자기 불안하면 방을 내줄 테니 자고 가도 된다고 여러 번 권하기도 했다. 저녁 늦게 아이들을 찾으면서 고맙다는 인사를 하는데 그녀가 붙잡았다.

"혹시 잠깐 기도를 해줘도 될까?"

"물론이지."

영국교회 목회자 부부인 샤메인과 남편 팀이 우리 가족을 둘러싸고 기도를 해주었다. 오늘 밤 두려움 없이 잠이 들기를, 마음의 평화를 되찾기를 빌어주며 울먹이는 소리를 들으니 나도 울컥했다.

돌아오는 길 성서에 나오는 '착한 사마리아인 비유'가 생각났다. 강도를 만난, 일면식도 없는 외국인을 살뜰히 보살펴주고, 치료비까지 내준 착한 사마리아인처럼 타국에서 어려운 일을 겪은 우리를 진심으로 위로하고 돕는 이가 있다는 게 얼마나 따뜻했는지. 그 다정한 위로가 상처 입은 마음에 보호막을 씌워주어 그날 밤을 잘 넘길 수 있었다.

자정을 넘어 새벽까지 엉망인 집을 다 정리해 겨우 제자리로 돌려놓았다. 최대치의 놀람과 공포로 시작해 이만하기

다행이라는 안도감, 친구에 대한 고마움과 감동의 눈물, 극강의 피곤함까지 감정의 롤러코스터를 탄 하루. 그저 평범했을 하루가 원치 않는 손님의 방문으로 가장 극적인 날이 되었다.

안전하다고 여긴 사적 공간이 침해당한 것은 다시 생각해도 불쾌하지만 그래도 피해가 크지 않고 사람이 다친 게 아니니 감사함이 더 크다. 나중에는 웃으며 이야기할 수 있는 에피소드가 되려나. 타국에서 난생처음 도둑 사건을 겪고 오만 감정이 들끓지만 결국 감사함으로 귀결되는 걸 보니, 영국에 살면서 나도 제법 내공이 튼튼해졌다 싶다.

인간은 계획하고 신은 웃는다

크리스마스 방학을 3일 앞둔 일요일 아침이었다. "엄마, 나 어지러워요." 큰아이가 자리에서 일어나지 못한 채 말했다. 이마를 짚어보니 따끈했다. 순간 스쳐 지나가는 불길한 느낌. 일단 집에 준비해둔 자가 진단 키트로 검사를 했다. 시험용액이 리트머스지를 적시고 빠르게 번져나가는 동안 마음속으로 '제발... 제발...' 하고 외쳤다. 그러나 야속하게도 흐릿하게 보이는 두 줄.

당시 영국 하루 평균 확진자는 5만 명. 코로나 상황이 급속도로 심각해지고 주위에서도 확진을 받는 일이 많아지면서 우리 차례가 올 수 있다는 것은 알았지만, 막상 닥치니 마음 한구석이 쿵 하고 내려앉는 건 어쩔 수 없었다.

'아... 양성이구나. 이제 어쩌지?'

남편과 엄지손가락만 한 키트를 몇 번이고 다시 보았다. 사실 그간 집에서 검사할 때마다 늘 한 줄이어서 효과가 있는 건지 미심쩍어했는데 정말 두 줄이 뜨긴 뜨네. 둘이 마주 보며 허탈하게 웃었다. 나머지 가족들은 일단 음성이라 즉시 선율이를 방 하나에 격리하고, 집 안에서 마스크를 꼈다. 아이는 처음엔 조금 놀란 듯했지만 이내 동생의 방해 없이 방 하나를 차지할 수 있게 되어 좋아하는 눈치였다. 오후엔 온 가족이 PCR 검사를 받으러 갔다. 검사소로 가는 차 안에서 아무도 말이 없었다. 오늘이 당분간 마지막 외출이 될 것이었다.

아이가 코로나에 걸리면서 상황은 복잡해졌다. 영국은 이미 코로나가 감기처럼 만연해진 터라 특별한 조치도 규제도 없다. 이곳에서 계속 산다면야 10일간 자가 격리만 하면 되지만 우리는 곧 귀국해야 하는 몸. 당장 다음 주 금요일에 이사가 잡혀있고, 그다음 주 금요일은 비행기를 타야 하는데. 아무래도 연기가 불가피해 보였다.

얼른 이 사실을 알려야겠다 싶어 남편은 회사와 이사업체, 나는 부동산과 청소업체에 바삐 전화를 돌렸다. 4일이나 되는 크리스마스 연휴가 아니었으면 조정이 그리 어렵지는 않았을 텐데. 연신 죄송하다고 화면 너머로 머리를 조아리면서 비엔나소시지처럼 줄줄이 물려있는 일정을 겨우 변경하고 나서야 한숨을 돌렸다.

화요일 새벽, 둘째와 자고 있는데 남편이 급히 나를 깨웠다. "빨리 나와! 선우도 양성이래!" '이게 무슨 날벼락 같은 소리지? 얘도 양성이라고?' 잠이 덜 깨서 멍한 와중에 '이때까지 같이 먹고 자고 했는데 지금 와서 격리한다는 게 무슨 의미가 있을까?' 싶으면서도 따라 나왔다.

며칠간 홀로 격리하며 슬슬 지루해진 녀석은 동생과 다시 같은 방을 쓰게 되자 신이 났다. 처음엔 충격이었지만 '기왕 이렇게 된 거 동시에 앓는 것도 나쁘지 않지 뭐!' 최대한 긍정적으로 생각하기로 했다. 남편과 서로 우리는 걸리지 말아야 한다며 공연히 다짐했다.

그날 오후, 평소와 다르게 목이 살짝 간질거려 자가 진단 검사를 해보았다. 결과는 음성. '아직은 백신이 버텨주고 있구나!' 마음이 놓였다. 그래도 왠지 찜찜한 마음에 저녁 시간 검사 키트를 쓰레기통에 넣기 전에 다시 자세히 봤더니 아니, 아주 희-미하게 두 줄이 떠 있는 게 아닌가. 어어, 이게 뭐지? 아까와 다르잖아? 순식간에 분위기는 얼어붙었다.

남편은 더 이상 일정 변경은 어렵다며 그냥 PCR 테스트를 하지 말라고 했다. 나는 아무리 어려워도 정공법으로 풀어야 한다고 맞섰다. 서로 다독이던 부부는 이제 확진자와 밀접 접촉자로 갈려 상대에게 날을 세웠다. 지난 며칠 인내심을 끌어 모아 버티고 있었는데 처음으로 감정의 둑이 와르르 무너진 날이었다.

결국 수요일 오전에 코로나 검사를 받고, 다음 날 나도 확진 통보를 받았다. 이제 우리 집 상황은 3:1. 집 안에 확진자 수가 더 많아지면서 남편이 거꾸로 방에 격리하게 되었다. 그는 제 때 귀국하지 못 해 회사에 너무 죄송스럽다고, 본인만은 걸리면 안 된다며 방에 틀어박혀 나오지 않았다. 그 모습이 안쓰럽기도 하고, 못내 서운하기도 했다.

내내 깨끗하게 한 줄이 나오던 그는 3차 추가 접종을 하기 전날, 혹시나 하고 해본 자가 진단 검사에서 선명한 두 줄이 나왔다. 며칠 사이에 하루 확진자는 10만을 향해 가고 있는 상황이었다. "코로나에 안 걸리는 게 현재 영국의 오징어 게임"이라는 자조 섞인 농담처럼 결국 우리 가족 역시 바이러스와의 전쟁에서 장렬히 패배하고 말았다.

그 와중에 다행인 건 모두 증상이 심하지 않았다는 점이다. 첫째는 반나절 미열과 두통이 있다가 곧 괜찮아졌고, 둘째는 무증상이었다. 나와 남편 역시 백신 덕분인지 비교적 가볍게 넘어갔다. 내 경우는 처음엔 식욕이 없어졌고 약한 기침이 있다가 후각 미각 상실이 왔다. 남편이 2층에서 타는 냄새가 난다고 내려왔기에 봤더니 압력밥솥 바닥이 새까맣게 타 있었다. 밥하는 내내 바로 옆에 있었는데도 전혀 몰랐으니 처음 겪는 이상한 경험이었다. 남편은 몸살 기운으로 며칠 힘들어했다. 하루 세 번씩 타이레놀을 먹으면서 재택근무 시간을 버텼다. 다른 증세가 없었기 때문에 근육통이 사라지자 몸은 빠르게 회복되었다.

'이때까지 괜찮았는데 왜 하필 지금일까? 진작 걸렸으면 좀 나았을까...' 처음엔 당황스럽고 원망도 되었지만 그래도 그 과정 가운데 분명한 유익이 있었다. 사실 그 당시 나는 영국을 떠나는 게 힘이 들어 매일 울고 있었다. 끝이 정해져 있다는 건 알고 있었지만 몇 년간 마음을 줬던 영국에서 만나는 모든 사람에게 이별을 고하는 일이 쉽지 않았다. 마지막으로 학교에 인사하러 갈 때, 정든 집을 떠날 때, 매일 보던 친구와 헤어질 때 어떻게 해야 할지 하루하루가 가는 게 두렵기까지 했다.

그런데 가족 모두가 코로나에 걸리면서 마음 정리가 싹 되었다. 어떻게 떠나나 걱정했는데 "제발 무사히 갈 수 있게만 해 주세요!"로 바뀌었으니 말이다. 평소엔 불평이 많은 나지만 막상 큰일이 닥치니 더 긍정적으로 변하고 작은 것에도 감사하게 되었다. 특히 격리 기간에 주위 이웃들에게 받은 도움은 평생 기억할 감동으로 남아 지난한 시간을 버텨낼 힘을 주었다. 불행이 휩쓴 자리에도 친절은 누군가의 마음에 꽃을 피운다는 것을 배운 시간이었다.

인도 속담에 "인간은 계획하고 신은 웃는다"라는 말이 있단다. 천성이 계획적이고 그대로 되어야만 직성이 풀리는 우리 부부. 귀국 일정이 확정되자마자 매일 밤 회의 모드로 해야 할 일 목록을 만들고 하나씩 지워가던 우리를 신은 어떻게 보셨을까. 과연 우리를 보고 웃고 계셨을까.

영국에서 3년간 살면서 크고 작은 일들을 겪고 이제 귀국만은 순탄하길 바라고 있었는데 역시 끝날 때까진 끝난 게 아니었다. 귀국 날을 코앞에 두고 코로나라니! 역시 계획대로 되지 않아 인생은 더 흥미진진한 거겠지. 그래도 거참! 다음엔 혼자 웃지 말고 같이 웃읍시다!

그럴수록 우정은 빛나고 감사는 깊어지고

귀국을 앞두고 가족 모두가 코로나에 걸리면서 가장 걱정했던 것은 거처였다. 이삿짐을 빼고 나면 당장 머물 곳이 없었다. 서둘러 에어비앤비를 알아봤지만, 우리가 살던 동네는 주거지역이지 여행지가 아니라서 빌릴만한 집이 마땅찮았다. 그렇다고 멀리 가자니 애들 학교가 마음에 걸린다. 며칠 못 가고 금방 귀국하겠지만 작별 인사라도 제대로 할 수 있었으면 하고 바랐던 터라 학교 가까이 있고 싶었다.

이래저래 머리가 아프던 차에 영국교회 목회자이자 동네 친구인 샤메인에게 전화가 왔다. 그녀는 잠시 내 사정을 듣더니 특유의 활기차지만 단호한 목소리로 말했다.

"정인, 왜 에어비앤비를 알아봐? 우리 집에 빈방이 두 개가 있어. 하나는 너희 부부가 쓰고, 하나는 아이들이 쓰면

되겠다. 너희 가족만 쓸 수 있는 화장실도 따로 있어. 여기 있으면 애들 학교도 보낼 수 있잖아. 우리가 큰 집에 사는 이유는 이럴 때를 위한 거야. 그러니 걱정하지 말고 우리 집으로 와. 너희가 한국에 갈 때까지 얼마든 있어도 돼."

남편 팀과 상의도 없이(사실 이럴 땐 팀은 언제나 예스! 란다) 먼저 부탁도 하지 않았는데 그냥 무작정 자기 집에 오라니. 갑작스러운 제안에 생각해보겠노라 하고 전화를 끊었다. 서로 불편하지 않을까, 민폐는 아닐까 잠시 망설였지만, 딱히 대안도 없고 선뜻 자기 집을 내준다는 친구가 고마워서 우리도 예스! 이번에도 사랑의 빚을 지기로 했다.

홈스테이 첫날, 집에 들어가자마자 우리는 너무나 예쁘게 꾸며진 방을 보고 환호성을 질렀다. 그 환호성에는 일주일 간의 호텔 생활 뒤 이제 아이들과 비좁은 방 하나에서 뒹굴지 않아도 된다는 기쁨도 얼마간 포함되어 있었다.

선뜻 숙식을 제공해준 친구 가족에게 조금이나마 보답하고자 하루를 '한국의 날'로 정했다. 아이들이 학교 간 사이 점심은 가볍게 김밥과 라면으로, 모두가 한자리에 둘러앉은 저녁 식사 메뉴는 불고기와 해물파전, 된장국과 김치로 준비했다. 우리 집 부엌도 아니고 양념도 제대로 없어 주로 시판 요리에 약간의 터치만 더 했을 뿐이었지만 모두 감탄하며 즐겨주었다. 처음 접해보는 한국요리가 낯설 법도 한데 싹싹 비워지는 접시를 보니 우리도 뿌듯했다.

친구네 머물면서 가장 좋았던 건 아이들을 재운 뒤 시작되는 어른들의 대화시간. 어느 날은 와인을 앞에 두고, 어느 날은 따뜻한 차를 마시며 해결되지 않은 가족 문제, 정답이 없는 부모 노릇, 교회와 신앙생활 등 여러 주제를 넘나들며 속 깊은 이야기를 나눴다. 더듬거리는 영어로, 행간 하나라도 놓칠세라 귀를 쫑긋 세우는 사이 이야기는 매일 밤늦도록 이어졌다. 그 시간을 통해서 우리는 서로를 이해하고 진심으로 응원하는 한 차원 더 깊은 우정의 단계로 진입할 수 있었다. 코로나에 걸리지 않고 순조롭게 출국했다면 얻지 못했을 선물 같은 시간이었다.

언제쯤 한국에 갈 수 있을지 마음을 졸이다 드디어 음성확인서를 받아들던 날 저녁, 샤메인에게 전화 한 통이 왔다. 교회 식구인데 친구 가족이 영국 생활을 다 정리하고 호주로 떠나는 날 공항에서 PCR 검사를 했더니 양성이 나왔단다. 돌아갈 집도 없고 호텔도 갈 수 없는 딱한 처지를 들은 그녀는 이번에도 흔쾌히 집으로 오라고 하는 것 아닌가. 옆에서 들으며 어찌나 놀랐는지. 가까운 지인도 아니고, 얼굴 한번 보지 못 한 사람을 게다가 코로나 양성이라는데 어떻게 선뜻 오라고 할 수 있을까.

전화를 끊은 뒤 샤메인과 팀은 집 가운데 문과 통로를 완전히 막고 그 가족만 쓸 수 있는 방과 부엌, 화장실을 내주는 아이디어를 냈다. 그러면 전염 가능성을 차단하고 서로의 안전과 독립성을 보장할 수 있겠다고. 이번에도 팀은 난색을 표하기는커녕 도울 기회가 있어서 기쁘다며 한 마디를 덧붙였다.

"친구의 친구는 좋은 사람이니까."

'친구의 친구는 나와 상관없는 타인'이라고 생각했던 나와는 참 다른 세계관을 가진 사람들이구나. 이번에도 놀라움과 감동이 마음에 번졌다. 과연 '나눔'이란 가치가 체화된 샤메인 가족다운 울림 있는 한 마디였다.

영국을 떠나는 마지막 날 아침, 샤메인 가족과 부둥켜안고 뜨거운 눈물을 흘리며 마지막 인사를 했다. 아쉽고 슬픈 마음이야 가득하지만 그녀의 말대로 좋은 마무리가 있어야 새로운 시작을 할 수 있는 거겠지.

한국으로 돌아오는 비행기 안에서 남편에게 물었다. 예정대로 출국하는 것과 온 가족이 차례로 코로나에 걸리고, 일정이 다 엉키고 기약 없이 미뤄졌지만, 놀라운 사랑과 환대를 경험한 지금 혹 선택할 수 있다면 둘 중에 무엇을 택하겠냐고. 남편은 막막하고 힘들었지만 그래도 이편이 더 좋았다고 했다. 나도 마찬가지.

살다 보면 고난이 올 때가 있지만 그럴수록 우정이 빛을 발하고 감사는 더 깊어질 수도 있다는 것을 알게 된 값진 시간이었다. 그리고 함께 다짐했다. 시련은 우리네 삶에 독특하고 아름다운 무늬를 갖게 해주는 기회일지 모르니 너무 두려워하지 말자고. 그리고 친구에게 배운 대로 우리도 어려움에 처한 이웃에게 먼저 손 내미는 사람이 되자고.

"우리 비행기는 인천 국제공항에 곧 착륙합니다."

기장의 안내방송이 들린다. 영국은 이제 정말 안녕, 한국에서의 새로운 삶이 기다리고 있다.

나의 소울 메이트에게

그녀를 처음 만난 건 지금으로부터 3년 전쯤, 그러니까 영국에 간 지 6개월쯤 되던 때였다. 당시 둘째 선우는 어린이집 적응 문제로 고군분투하고 있었다. 말이 안 통하니 친구들과 어울리기도 쉽지 않았다.

어느 날 원장 선생님 맨디가 선우와 성향이 잘 맞을 것 같은 아이가 있다고, 좋은 친구가 될 수 있을 거라고 귀띔해주었다. 이름은 오잔, 튀르키예(구 터키)에서 온 남자아이고, 어린이집에 온 지 일주일 남짓 되었다고 한다. 평소 아이들을 세심하게 관찰하는 믿음직스러운 맨디의 말이라 이름을 잘 기억해두고 있었다.

"네가 오잔이구나!"

며칠 뒤 하원할 때 그 아이와 엄마를 만나 반가운 마음에 인사를 건넸다. 언제 한번 플레이 데이트하자고 했더니 그 아이 엄마가 대뜸 혹시 시간 괜찮으면 자기 집에 가서 점심을 먹자고 했다. 지... 지금?

남의 집에 가려면 최소 일주일 전에는 방문 약속을 잡는 영국문화에서 이런 갑작스러운 초대라니. 살짝 놀랐지만 그래도 이런 기회를 그냥 놓칠 수는 없지. "그래요, 좋아요. 가요!" 내 말에 신난 아이들. 대답이 떨어지기가 무섭게 저만치 깡충깡충 뛰어가는 뒷모습을 따라 집으로 들어갔다.

군더더기 없이 꼭 필요한 살림만 갖추어진, 소박하나 잘 정돈된 집이 단박에 마음에 들었다. 갑자기 들이닥친 터라 제대로 된 재료가 있을 리 만무하지만, 손 빠른 그녀가 휘리릭 차려낸 파스타는 참 맛있었다.

아이들은 햇살이 잘 비치는 정원에 앉아 블록 놀이를 시작했다. 말도 안 통하는 애들이 작은 실랑이 한번 없이 어찌나 잘 노는지. 두 아이의 평화로운 모습에 엄마들도 마음이 푸근해졌다. 둘이 좋은 친구가 될 수 있을 거라던 맨디의 말이 맞았다. 그날 이후로 영국을 떠날 때까지, 아니 지금까지도 오잔은 선우의 베스트 프렌드가 되었으니까.

아이 친구 엄마와 관계를 맺는 건 참 쉽지 않은 일이다. 아이들끼리도 잘 어울려야 하지만 엄마들끼리 통하는 점이 없다면 관계가 길게 유지되지 않는다. 반대로 엄마들끼리 아무리 좋아도 아이들이 만날 때마다 티격태격한다면 자주 가까이 지낼 수가 없다. 한국에서도 쉽지 않은 일인데 이국 땅에서 잘 맞는 동네 친구를 만나다니 이건 더없는 행운이다.

사실 아슬리와 나는 성격이 정반대에 가깝다. 첫 만남에 선뜻 자기 집에 초대한 것만 봐도 알 수 있듯 아슬리는 시원시원한 대장부 성격이다. 경제적으로 넉넉한 것도 아니건만 주위 사람들에게 베풀고 가진 것을 나누는 데 주저함이 없다. 씩씩하고 다정한 그녀가 해준 다양한 음식을 먹으면서 '돌밥돌밥(돌아서면 밥, 또 돌아서면 밥)'의 굴레에서 해방되는 호사를 누렸다. 타국에서 남이 해준 밥은 그 자체로 위로이자 치유였으므로 나도 그 기운을 받아 씩씩하고 다정하게 살아갈 힘을 얻었다.

그런 그녀에게도 약점은 있었으니 덤벙거려서 학교 행사나 준비물 같은 건 놓치기 일쑤. 나는 손도 느리고 요리에는 영 소질이 없지만, 정보를 수집하고 꼼꼼하게 챙기는 것은 자신 있다. 아슬리는 내가 개인 비서 노릇을 톡톡히 할 때마다 "Thanks. You are my lifesaver!(고마워, 너 덕분에 살았어!)"를 외쳤다. 더 이상 내 정신머리를 탓하며 자책하지 않게 되었으니 우리의 다름이 서로에게 보완이 되었던 것 같다.

점점 더 나빠져 가는 고국의 정치적 경제적 상황을 견딜 수 없어 영국으로 이민을 선택한 아슬리. 남편의 주재원 발령으로 몇 년간 살러 오게 된 나. 각자 사정은 달랐지만 둘 다 의지할 곳 없이 외로운 해외 생활이었기에 서로에게 깊이 기댔다.

학교에 아이들을 데리러 갈 때 살짝 늦더라도 전화 한 통이면 내가 찾을 테니 걱정하지 말라는 친구가 있다는 게, 집 열쇠를 깜빡하고 집에 두고 왔을 때(그렇다, 열쇠! 영국에는 번호 키라는 신문물이 왜 도입이 안 되는가!) 무작정 찾아가도 언제든 싱긋 웃으며 맞아줄 이웃이 있다는 게 얼마나 큰 위안이었는지.

매달 돌아오는 중간 방학(halfterm), 여름과 겨울 방학도 두렵지 않았다. 어디 근사한 곳을 가지 않아도 아이들은 늘 처음 가는 것처럼 오잔네 집에 가는 것을 좋아했다. 그건 그 집 아이들, 오잔과 딜라일라도 마찬가지였다. 우린 그저 서로로 충분했다.

함께 보낸 수없이 많은 보통날 중에서 기억에 남는 건 역시 여름날 함께한 추억이다. 영국에서는 드물게 35도가 넘는, 아침부터 푹푹 찌는 날이면 어김없이 전화가 왔다. "정인, 뭐해? 오늘 너무 덥다. 우리 수영장에 물 받아놨어. 애들 수영복만 챙겨서 얼른 와!" 전화를 끊고 나면 곧장 그 집으로 출동했다. 아이들은 그대로 물에 텀벙 뛰어들고, 깔깔거리는 웃음을 배경음악 삼아 함께 피자를 만들었다.

늦은 오후, 한낮의 열기가 식고 시원한 바람이 불기 시작하니 그녀가 불렀다. "정인, 이리 와 봐. 대야에 물 받아놨어. 차 한 잔 마시면서 발 좀 담가봐." 고운 분홍빛의 목욕 소금을 풀어 넣은 대야와 아직 따뜻한 차를 보니 울컥했다. 누가 나에게 이런 친절을 베풀어줄까. 아슬리, 당신이란 사람은 대체.

언젠가 국적도 언어도 종교도 문화적 배경도 다른 우리가 어떻게 이곳에서 만나 이토록 마음을 나누는 친구가 되었을까, 문득 신기하다고 했더니 "언어나 국적이 문제가 아닌 것 같아. 너 같은 친구는 어디에서도 만난 적이 없는걸." 이라는 그녀. 그런 나의 아슬리를 두고 한국으로 돌아올 때의 슬픔과 아쉬움은 이루 다 쓸 수가 없다. 든 자리는 몰라도 난 자리는 안다고 매일 나의 빈자리를 마주하며 힘들어하는 그녀를 보면 마음이 아프다. 부디 그녀의 일상이 좀 더 견딜만한 것이 되기를, 우리가 함께한 추억이 힘이 되기만을 빈다.

한 예능 프로그램에서 가수 아이유가 본인이 세상을 떠났을 때 자신의 대표곡을 '마음'이라는 곡으로 기억해줬으면 한다고 말했다. 이 노래는 자기의 여러 모습 중에 가장 좋은 부분만 뜰채로 떠서 만들었기 때문에 특별히 아낀다고.

이 장면을 보고 나는 아슬리를 생각했다. 내게도 그런 사람이 있지. 나의 가장 좋은 모습을 봐주는 사람, 스스로 엉망이라고 생각할 때도 변함없이 믿어주는 사람이 내게도 있다고. 비록 지금은 멀리 떨어져 있지만 그런 사람이 지구 반대편이나마 존재한다는 게 큰 기쁨이라고. 좋은 친구가 인생을 얼마나 풍요롭게 하는지 그녀를 통해 배웠다. 아슬리가 생각날 때마다 이 노래를 듣는다.

감히 이 마음만은 주름도 없이 여기 반짝 살아 있어요.
영영 살아있어요.
- 아이유 〈마음〉 중에서

한국에 온 지 4개월, 다시 그녀의 생일이 다가왔다. 가져다줄 때마다 환하게 웃는 모습을 볼 수 있던, 우리가 애정하던 브랜드의 맥주와 잔 세트를 집으로 보냈다. '함께 하지는 못하지만 언제나 너를 생각하고 있어....'라고 쓴 카드와 함께.

마침 이른 더위에 마당 수영장을 설치했는데 너와 아이들 생각이 났다고, 우리가 함께했던 날들이 너무 그립다고, 선물을 받으니 네가 곁에 있는 것 같다고 기뻐하는 모습을 보니 내 마음에도 반짝, 하고 작은 불빛이 켜진다.

영국에서 가장 그리워하는 곳이 튀르키예 사람의 집이 될 줄은 가기 전에는 미처 몰랐지. 여기 너의 집이 있으니 언제든 오라고 하는 친구에게 나는 또 기약 없는 약속을 하고 만다. 꼭 다시 갈게. 기다려줘 나의 자매, 나의 소울 메이트, 나의 아슬리.

이방인의 눈으로 본 영국, 그리고 한국

경계 없는 환대의 식탁을 꿈꾸며

한국에서 7살 유치원생이었던 첫째는 영국에 와서 갑자기 초등학교 2학년 학생이 되었다. 3월에 새 학년을 시작하는 한국과 달리 영국은 9월부터 시작하는 시스템이라 2011년 9월부터 2012년 8월생 아이들이 한 학년으로 묶였다. 6월 말에 태어난 선율이는 그중 가장 어린 축에 속했다. 친구들은 어린이집인 널서리부터 시작해 리셉션(한국의 병설 유치원과 비슷하나 초등학교 정규과정에 포함), 1학년을 거쳐 2학년으로 올라왔으니 초등학교 생활만 해도 벌써 3년째 접어드는 셈이었다.

유치원생에서 2학년으로 갑자기 점프한 것도 부담스러웠지만 역시 가장 큰 장벽은 영어. ABC만 겨우 익히고 왔는데 하루 6시간씩 학교에 보내려니 걱정이 앞섰다. 갑자기 바뀐 환경, 낯선 사람들, 알아듣지 못하는 언어 속에 둘러싸여 종일 견뎌야 하는 녀석이 안쓰러워 절로 기도가 나왔다.

영국 초등학교에서 첫날, 둘째 날은 정신없이 지나갔다. 3일째 되던 날 아침, 어깨가 축 처져서 학교에 가기 싫다고 하는 걸 겨우 달래 들여보냈다. 오늘 하루는 잘 보냈을까 걱정스러운 맘에 일찍 학교에 와서 하교 시간을 기다리고 있는데 한 엄마가 다가와 말을 걸었다. 전화번호를 알려주면 반 단톡방에 초대해주겠단다.

한국에서 아이가 초등학교에 가면 같은 반 엄마들 사이에 단톡방이 중요하다고 들었는데 영국 엄마들도 마찬가지인가 보다. 한국은 카톡, 여기는 왓츠앱(WhatsApp)이라는 게 다를 뿐 엄마들의 정보공유는 세계 공통인 듯하다. 집에 와서 왓츠앱 그룹에 가입된 것을 확인하고 주섬주섬 나와 아이를 소개했다.

"우리는 몇 주 전에 한국에서 영국으로 왔어. 선율이는 영어를 거의 못 해. 오늘 아침엔 학교 가기 싫다고 해서 걱정했는데 끝나고 나니 다행히 재밌었다고 하더라. 앞으로 잘 좀 부탁해."

지금 생각하면 무슨 용기였을까 싶지만, 그때는 힘들어하는 녀석을 위해 뭐라도 해야겠다는 마음뿐이었다. 잠시 후 단톡방에서 응원의 메시지가 날아들었다.

"오늘 괜찮았다니 선율이는 무척 용감하구나. 우리 아이에게 말해서 같이 놀라고 할게. 걱정하지 마, 금방 적응할 거야. 어릴수록 영어도 금세 배우더라. 가까운데 한국 합기도 학원이 있는데 같이 다니는 건 어때?"

하나같이 다정한 격려의 말들. 그때 한 엄마가 따로 말을 걸었다. 이름은 카트리나, 미국 국적인데 친정엄마가 한국인이어서 하프 코리안이라고 소개했다. 한국말은 못 하지만 한국 음식은 아주 좋아한다고. 한국에 뿌리가 닿아있다는 말에 더욱더 가깝게 느껴지는 마음. 반갑게 인사를 나누고 가족사진도 주고받으며 한참 채팅을 했다.

"내일 주말이니 오후에 우리 집에 초대하고 싶은데 시간 괜찮아? 저녁 같이 먹자. 가족 모두 데리고 와. 완전 환영! 애들은 같이 놀다 보면 자연스럽게 영어를 익히더라고."

뜻밖의 말이었다. 집에 오라고? 세상에, 얼굴도 한번 보지 못한 이를 선뜻 초대한다고? 그것도 저녁 식사 자리에? 적잖이 놀랐지만 이런 귀한 기회를 놓칠 수는 없는 법. 흔쾌히 좋다고 하고 다음 날로 약속을 잡았다.

토요일 오후, 디저트와 꽃을 사 들고 카트리나 집에 갔다. 어색할 법도 한데 모두 반갑게 맞아줘서 금세 분위기가 풀렸다. 하얀 식탁보 위에 구운 닭요리와 찐 채소, 샐러드가 올랐다. 어른 넷, 아이 다섯이 한 식탁에 둘러앉아 시끌벅적하게 저녁을 먹었다. 처음엔 영어라는 장벽 때문에 쭈뼛거리던 우리 아이들도 레고와 TV, 애교 많은 반려견 쇼코 덕에 편안하게 어울려 놀았다. 그 덕에 어른들은 와인을 곁들여 밤늦게까지 이야기꽃을 피울 수 있었다.

알고 보니 그녀는 지하철역이나 빌딩 같은 굵직한 건설 프로젝트를 맡아서 하는 회사의 시니어급 직장인이자, 세 아이의 엄마. 매일 런던 시내까지 출퇴근하며 바쁘게 일하고, 아이들을 챙기기도 벅찬 그녀가 어떻게 나에게까지 마음을 내주었는지 아직도 신기하다. 짐작할만한 힌트는 이방인의 경험이 있다는 것. 카트리나의 남편, 피에르는 프랑스 사람이고 아이들의 모국어는 프랑스어란다. 처음 영국에서 학교에 다니기 시작했을 때 온종일 영어를 들으니 머리가 지끈거린다고, 몇 주간 울면서 힘든 적응과정을 거쳤다고 했다.

그래서였을까. 타국에 온 지 얼마 되지 않아 낯설고 긴장되는 마음을 카트리나는 알고 있었고, 우리 가족에게 손을 내밀어 주었다. 뼈마디까지 시린 영국의 겨울날, 그녀의 집에서 받은 따뜻한 환대는 여전히 내 마음속에서 놀라움과 고마움으로 자리하고 있다.

그렇게 시작된 우리의 인연은 지금까지 계속 이어져 동네 친구 사이로 가깝게 지낸다. 한식을 좋아하는 가정이라 추석, 설 같은 한국 명절엔 갈비찜이나 잡채를 해서 갖다주기도 하고, 피에르 룩의 생일잔치에 매년 초대되어 다양한 국적의 친구들과 신나는 파티도 함께 했다.

한국어를 배우고 싶다는 카트리나에게 기초 한국어를 가르쳐준답시고 시작한 줌(Zoom) 미팅은 결국 매번 목적을 잃은 수다 대잔치로 끝나고 말았지만, 그 또한 즐거운 기억. 지난해 코로나로 영국 전역이 봉쇄되었을 때, 각자 집에서 화면 너머로 와인잔을 부딪치며 새해를 축하했던 일도 지나고 나니 특별한 추억이 되었다.

내 나라에서 주인으로 살다가 타국에서 이방인이 되어보니 비로소 보이는 것들이 있다. '사회적 성원권'과 '환대'의 문제에 오랫동안 천착해온 인류학자 김현경은 『사람, 장소, 환대』라는 책에서 다음과 같이 썼다.

우리는 환대에 의해 사회 안에 들어가며 사람이 된다. 사람이 된다는 건 자리/장소를 갖는다는 것이다. 환대는 자리를 주는 행위이다.
– 김현경, 『사람, 장소, 환대』, 문학과지성사, 2015

영국에서의 3년을 돌아보니 타국에서 힘겹고 막막한 순간마다 따스한 도움의 손길이 있었다. 그 덕에 때로 어렵긴 했으나 오래 서럽진 않았다. 그리고 영국이라는 사회 안에 들어와 귀한 '사람'으로 살 수 있었다. 기꺼이 나와 가족에게 자리를 내준 이들 덕에 말이다.

가끔 나에게 묻는다. 나라면 아이에게 한국말 한마디 못하는 외국인 친구와 잘 지내라고 당부했을까? 낯선 이를 집에 선뜻 초대해서 함께 식탁을 나눌 수 있었을까? 요리를 좋아하고 나눠 먹는 취미를 가진 남편을 둔 덕분에 손님 초대가 낯설지는 않다. 그러나 부끄럽게도 사람을 가리고 취향이 맞는 사람과만 어울리려고 했을 뿐, 나와 다른 이를 내 공간으로 초대할 준비는 안 되어 있었음을 고백한다.

사람이 온다는 건
실은 어마어마한 일이다.
(중략)
부서지기 쉬운
그래서 부서지기도 했을
마음이 오는 것이다 - 그 갈피를
아마 바람은 더듬어볼 수 있을
마음,
내 마음이 그런 바람을 흉내낸다면
필경 환대가 될 것이다.
- 정현종, 「방문객」 중에서

아끼는 시를 꺼내 다시 읽어본다. 예전엔 유명한 앞부분
에 매혹되었다면 지금은 뒷부분, "부서지기 쉬운 마음, 부서
지기도 했을 마음, 아마 바람은 더듬어볼 수 있는 마음"에
더 눈길이 간다. 시인 역시 그 마음을 잘 알고 있는 것 같
아 위로를 받는다.

타국에서 이방인으로 살면서 외롭고 괴로울 때가 없지는

않았지만, 그 덕에 언 마음을 녹이는 봄바람 같은 환대의 순간도 경험할 수 있었다. 그렇게 시작된 관계는 시간이 흘러 더 소중하고 단단한 모양으로 자라났다. 바라건대 이곳에서 이방인으로 살면서 받은 환대의 기억들이 마음의 갈피가 되어 나 역시 누군가의 부서지기 쉬운 마음을 알아볼 수 있기를. 그간 진 사랑의 빚을 흉내라도 내어 나 역시 경계없는 환대의 식탁을 차릴 수 있는 사람이 되기를.

모두가 엄마가 된 날

띵, 띵, 띵-

주말을 앞두고 한숨 돌린 금요일 저녁, 핸드폰 알람이 쉴 새 없이 울렸다. 큰아이 반 학부모 단톡방이었다. 처음엔 주말에 예정된 학교 행사가 갑자기 취소되었다는 공지로 시작했다. 그런데 취소된 이유가 심상치 않았다. 오늘 오후 학교 근처 공원길에서 사건이 있었단다. 하교 시간에 두 남자가 차에서 내리더니 어린아이를 동반한 젊은 여자를 칼로 찔렀다고 했다. "그러고 보니 응급차가 지나가는 걸 봤어." 몇몇 학부모가 입을 모아 말했다. 놀란 맘에 핸드폰을 붙든 손이 바들바들 떨렸다.

영국은 총기 소지가 금지되어 있어 총기사고는 드물지만, 흉기 피습사건(stabbing)은 꽤 자주 보도가 된다. 그렇지만 대낮에, 조용한 주택가 동네에, 그것도 학교 근처에서 그런 일이 일어나다니... 이건 영국에서도 무척 드문 일이라 다들 충격이 컸다. "제발... 제발 무사하기를...." 모두가 그녀의 안녕을 빌었다. 우리의 간절한 바람과는 달리 잠시 후 피해자가 숨을 거뒀다는 소식이 들려왔다.

　어떤 엄마가 피해자가 자기 친구이며, 같은 반 친구 L의 엄마라고 알려주었다. 우리 반 아이 엄마라는 얘기에 가슴이 한 번 더 쿵 무너져 내렸다. 선율이가 학교에 다닌 지한 달밖에 안 되어 직접 알지는 못하지만, 같은 반 엄마라고 하니 더 가깝게 다가왔다. 어쩌면 등하굣길에 한 번쯤 마주쳤을지도.

　사정을 들어보니 그녀는 아장아장 걸어 다니는 어린아이를 포함해 아이 넷의 엄마였다. 체포된 용의자는 얼마 전헤어진 전 남편이란다. 어떤 사정이 있는지 알 수 없지만, 생전에 피해자는 주위에 여러 번 두려움을 호소했다고 한다. 설마 아이들과 함께 있었을 때 범행이 일어나리라고는 생각하지 못했을 것이다. 단톡방은 놀람과 슬픔으로 특히 남겨진 아이들에 대한 걱정으로 너울거렸다. 영국 내 일가친척이 없는 이민자 가정이었기에 안타까움이 더했다.

어떤 판단이나 뒷이야기도 없이 어떻게 도울 수 있을지 빠르게 의견이 모였다. 학교와 의논해서 모금을 할 수 있는 웹페이지를 열자는 반 대표 엄마의 의견에 다들 찬성했다.

피해자와 친한 친구라는 반 엄마에게도 위로의 마음이 오고 갔다. 마음을 가라앉힐 차 한 잔이나 식사가 필요하다면 언제든 괜찮으니 자기 집에 오라는 사람도 있었고, 경황이 없을 그녀를 대신해 아이들을 맡아주겠다고 제안하는 사람도 있었다. 사고가 있었던 길 위에는 벌써 추모의 꽃다발과 위로의 마음을 담은 카드가 가득 쌓였다. 충격과 슬픔 속에서도 서로를 토닥이는 품을 느낄 수 있었다.

하루가 채 지나지 않아 피해자가 다니던 교회 중심으로 모금 웹페이지가 만들어졌다. 그녀의 시신을 본국으로 이송하는 데 드는 비용과 피해자 가족을 지원하는데 필요한 변호사 비용을 포함해 초기 목표금액은 이만 파운드(약 3,200만 원)라고 했다.

웹페이지가 공유되자마자 모금액은 빠르게 채워졌다. 우리도 최선의 마음을 보냈다. 다들 같은 마음이었을 것이다. 목표금액은 곧 4만 파운드로 상향 조정되었다. 최종적으로는 목표금액을 148% 초과 달성해 59,270파운드가 모였다.

한화로 약 9,500만 원이 모인 셈이다.

어려서부터 기부가 생활화되어 있고, 어려운 일이 있을 때 도움을 아끼지 않는 영국 사회의 모습에서 따뜻함을 느꼈다. 이민자 가정이라고 할지라도 학교라는 울타리 안에서 보호받는 걸 보면서 공동체의 소중함과 포용성도 함께 느낄 수 있었다.

두 달이 지나 4월 부활절 방학을 몇 주 앞둔 어느 날, 반 대표 엄마가 단톡방에 메시지를 보냈다. 곧 L의 생일이 다 가오는데 학급 아이들 전체를 초대해 L의 생일파티를 해주면 어떻겠냐고. 요리를 좋아하고 아이들에게 헌신적이었던 그녀가 살아있었다면 분명히 정성껏 준비했을 생일파티를 우리가 대신 해주자고. 비록 L의 엄마는 돌아가셨지만. 그 빈자리는 어떤 것으로도 채울 수 없지만, 오늘만은 다 같이 그 아이의 엄마가 되어 생일파티를 열어주자는 그 마음 씀씀이에 모두 감동했다. 학부모 전원 찬성을 받아 생일파티가 기획되었다.

부활절 방학이 들어가기 전 마지막 날, 선율이는 좋아하는 아이언맨 옷을 골라 입고 선물과 카드를 챙겨 학교에 갔다. 엄마들은 각종 파티 음식과 놀잇감을 준비했고, 학교

측에서는 흔쾌히 학교 강당을 사용하도록 허락해주셨다. 수업을 마친 다른 선생님들도 많이 참여하셔서 각종 게임을 하며 아이들과 놀아주셨다고 한다. L과 다른 형제들은 물론이고 반 아이들 모두 잊지 못할 즐거운 시간을 보냈다. 교감 선생님은 직접 사진을 찍고 포토 북을 만들어서 선물로 주셨다. 오래도록 이날을 기억할 수 있는 근사한 선물이었다.

영국에 가기 전에는 영국 사람들은 차갑다는 얘기를 많이 들었다. 변덕스럽고 비가 많이 오는 날씨가 사람들의 성격에도 반영되어 냉랭하고 보수적이라고. 영국에 살아보니 일견 맞는 면도 있었다. 쾌활한 북미 사람들이나 정이 많은 남부 유럽 사람들과 다르게 겉으로는 친절하지만 쉽게 곁을 내주지 않는 영국인들의 특성이라는 게 존재하는 것 같다.

그러나 이번 사건을 지켜보면서 다른 면도 있다는 것을 알게 되었다. 누군가의 비극을 그저 내 일이 아니라고 내버려 두지 않고 적극적으로 나서서 돕는 모습. 특히 엄마 생각이 가장 많이 날 생일날을 쓸쓸하게 그대로 두지 않고 모두가 엄마가 되어 채우는 모습에 크게 감동받았다. 위로와 공감의 공동체, '집단 모성'의 현장이 이런 것일까.

그 해 학년이 끝날 때까지 L은 학교에 나왔다. 그 뒤로 자세한 소식을 모른다. 가해자는 유죄 판결을 받아 복역 중이고 본국에 사는 이모와 삼촌이 아이들을 데려갔다는 이야기를 들었을 뿐.

누구에게도 이러한 비극이 없기를 바라지만 슬프게도 인생은 그렇게 단순하지 않다. 인간은 신이 아니기에 고통이 없는 삶은 이상에 불과할 뿐 실현 불가능한 꿈이다. 그렇다면 피할 수 없는 비극의 현실을 어떻게 살아내야 할까. 인간성이 말살된 현장에서 어떻게 다시 인간에 대한 신뢰를 꽃피울 수 있을까. 그게 가능할까. 나는 그 질문에 대한 한 가지 답을 선율이 반 엄마들에게서 찾았다. 절망과 냉소에 지지 않고 서로의 곁이 되어주는 법을 배웠다.

L과 형제자매들은 어떻게 지내고 있을까. 지금쯤이면 본국에서의 삶도 익숙해졌을까. 새로운 친구들은 많이 생겼을까. 부디 생이 그들에게 친절하기를, 마음속 작은 빛이 꺼지지 않기를, 오늘 밤 마음을 다해 빌어본다.

노래를 부르는 마음으로 쓰는

"Sean's mum, come here!"

누군가가 나를 다급하게 부르는 소리가 들렸다. 하교 후 아이들은 여느 때처럼 학교 운동장으로 달려가고, 나는 다른 엄마들과 서서 이야기를 나누던 참이었다. 고개를 돌려보니 정글짐 아래 한 아이가 쓰러져 있었다. '아, 뭔가 잘못되었구나.' 정신없이 달려가 아이를 살폈다. 눈을 감싸고 누워있는 아이와 손가락 사이로 흐르는 피....

"아, 어떡해. 선율아, 눈 떠봐. 눈 보여?"

깜빡 깜빡 깜빡, 3초가 흘렀다.

"괜찮아, 잘 보여요."

　정글짐에서 뛰어내리려는데 다른 아이와 머리를 부딪쳐 떨어졌단다. 자세히 보니 아까 걱정했던 것보다는 상태가 나쁘지 않았다. 눈가가 좀 찢어졌을 뿐 시력에는 이상이 없었다. 아, 하나님 감사합니다.

　집에 와서 상처를 소독한 뒤 봉합하는 특수밴드를 붙였다. 안경원에 가서 부서진 안경테도 교체했다. 조금만 운이 나빴으면 눈을 다칠 수도 있었지. 어쩌면 너무도 다른 하루가 될 수도, 절대로 잊어버릴 수 없는 날이 될 수도 있었다. 그런 생각에 이르자 다시 온몸이 떨렸다.

　아이를 키우면서 응급실 한 번 안 가본 사람은 없다지만 나 역시 예외는 아니다. 내 심장을 들었다 났다 한 건 죄다 큰 아이 선율이. 다섯 살 무렵, 친구네 집 근처 공원에서 놀다 다리가 찢어져 응급실에서 꿰맨 것을 시작으로 시아버님이 일하시는 농기계에 발을 쏙 집어넣어 발가락이 찢어졌던 일, 두 동강이 난 크록스를 보며 신발이 없었다면 어쩔 뻔했나 아찔했던 순간이 생생하다.

　일곱 살이었던가 스쿠터를 쌩쌩 타다가 경사로가 있는 차

도에 그대로 뛰어들었던 일도 잊을 수 없다. 맞은편에 오던 마을버스가 멈춰 서서 망정이지 나는 그날 눈앞에서 아이를 잃는 줄 알았다. 길거리에서 주저앉아 미친 사람처럼 얼마나 울었던지.

다시 생각해도 가슴을 쓸어내리는 순간들이다. 그래도 결과적으로 큰일이 아니었거나 일정 기간 치료받고 시간이 지나면 회복되는 일이었다. 크고 작은 사고를 겪으며 부모로서 내가 얼마나 무력한지 알게 되었다. 아이 곁에 늘 있을 수도, 지켜줄 수도 없고, 심지어 옆에 있어도 어떻게 할 수 없는 일이 일어난다는 것도.

아이가 다친 후 응당 살아있어야 할 한 청춘이 너무도 처참하게 죽었다는 뉴스가 눈에 들어왔다. 평택항에서 작업반장인 아버지를 도와 검역업무 아르바이트를 했던 대학생 고 이선호 씨. 사고 당일에 갑자기 쓰레기를 주우라는 작업 지시를 이행하다 안전핀이 빠져있던 300kg 컨테이너 날개에 깔려 즉사했다.

원래 하던 업무도 아니었고 얼마나 위험한 일인지 사전고지도 없었던 데다 최소한의 안전 장비 지급도 해주지 않았다. 더군다나 사고당한 그를 발견한 직원들이 119에 신고한

게 아니라 윗선에 보고했다는 이야기를 듣고 귀를 의심했다. 그게 사고 매뉴얼이라니.

원청업체 '동방'은 진심 어린 사죄와 재발 방지 약속은커녕 형식적인 사과도 하지 않은 채 책임을 미루기만 했다. 그렇게 장례도 치르지 못한 채 20일이 흘렀다. 점차 사건이 알려지고 공론화되자 떠밀리듯 사과문을 읽고 허리를 숙이긴 했지만 사과 대상은 유족이 아닌 언론 앞에서였다. 대국민 사과. 더 기가 막힌 건 사과 전 아무런 대책도 없이 사고 발생 12일 만에 작업재개를 요청했다는 것. 사람이 그렇게 죽어 나가도 이윤이 우선인 기업의 비정함이 무섭다.

자주 듣는 김현정의 뉴스쇼에서 고인의 아버지가 평소 아들과 밥을 먹던 구내식당에 가서 무릎을 꿇고 "선호야, 너를 사지로 데리고 온 아버지를 절대 용서하지 말아라. 절대로 용서하지 말고 가라"라고 하셨다는 말씀을 듣고 같이 울었다. 얼마나 죄책감이 심하시면 저렇게 말씀하실까 싶어 마음이 아팠다. 당신 잘못이 아닌데, 그저 잠시 일하러 왔을 뿐인데. 정작 잘못을 한 사람과 기업은 따로 있는데. 아버지의 휴대폰에 저장된 선호 씨의 이름은 '삶의 희망'이었다. 이제 그 희망이 사라졌다.

완벽한 회복이 불가능한 일이 인생에는 엄존한다는 것,
그런 일을 겪은 이들에게는 남은 옵션이 없다는 것
오직 '그 이후'를 견뎌내는 일만이 가능하다는 것을.
– 김영하, 『오직 두 사람』, 문학동네, 2017

인생의 많은 상처는 상당 부분 시간이 지나면 회복이 가능하다. 그러나 소설가 김영하의 말대로 완벽한 회복이 불가능한 일은 일어나고 그 사건은 남은 인생을 완전히 바꿔버린다. 오직 '그 이후'를 견뎌야 하는 이들을 위해 우리가 무엇을 할 수 있을까.

정의당 장혜영 의원은 고 이선호 노동자 산재 사망 사건 해결 촉구 추모 행사에서 노래를 부르기 전에 다음과 같이 말했다.

"가끔 노래가 너무 무력하다는 생각이 들지만, 노래를 만드는 사람들, 노래를 부르는 사람들, 노래를 듣는 사람들은 무력하지 않다고 생각합니다. 다시는 이런 억울한 죽음이 없기를 바라는 마음, 그러기 위해서 무엇이라도 하고 싶은 마음을 담아서 노래를 부르도록 하겠습니다."

노래 대신 같은 마음으로 이 글을 쓴다. 읽고 쓰고 지우고 다시 쓰면서 1주일을 꼬박 매달렸다. 어렵고 무거운 주제라 피하고 싶었지만, 이 글 말고는 도저히 쓸 수가 없다. 자식이 조금만 다쳐도 부모의 마음은 쿵, 하고 나락으로 떨어지는데 처참한 사고로 자식을 잃은 부모의 마음은 감히 헤아릴 수도 없다.

입법자도 아니고, 권력자도 아닌 그저 아이 키우는 평범한 시민이지만 무력감에 지지 않고 뭐라도 해야겠어서 쓴다. 이런다고 죽음을 막을 수 있는 것도 아니고 새까맣게 타버린 부모님들의 마음을 위로할 수도 없겠지만. 그저 내 몫의 노래를 부르는 마음으로.

영국에서 여성으로 산다는 것

이 나라의 여성들은 어떻게 사는지 궁금했다. 영국이라면 세계 여성운동 역사에서 길이 남을 서프러제트(Suffragette)의 나라 아닌가. 서프러제트는 19세기 여성 참정권 운동가들을 일컫는 말이다. 영국 사회가 민주화되어가면서 남성의 참정권은 점차 확대될 때, 여성들에게 돌아온 건 경멸과 비웃음, 폭력뿐이었다.

평화적인 시위가 번번이 묵살당하자 창문을 깨고, 방화, 투옥, 단식투쟁을 하고, 심지어 목숨을 버리는 폭력적인 방식을 택한 서프러제트, 그 희생의 결실로 1928년 마침내 남성과 동등한 투표권을 쟁취해냈다. (에멀린 팽크허스트, 『싸우는 여자가 이긴다』, 현실문화연구, 2016)

대의를 위해서 자신의 목숨조차 아까워하지 않던 기백 넘치는 여성들의 이야기를 읽으며 나는 그 땅의 후배들이 사는 모습이 궁금했다.

영국에서 살면서 만나는 여성들과 기회가 될 때마다 이야기를 나눴다. 영국에서 여성으로 산다는 것은 무엇인지, 자기 삶에 만족하는지, 일과 삶의 균형은 어떤지 물었다. 내가 만난 사람들은 주로 학교 엄마들이었는데, 대부분 웃으며 만족한다고 답했다. 직종에 따라 업무강도나 퇴근 시간이 다르기는 했지만 대부분 6시 전에 남편들이 집에 도착해 가사나 자녀 양육을 같이하는 분위기였다.

영국 학교는 초등학교 6학년이 되기 전에는 등·하교 시 보호자가 꼭 동행해야 한다. 우리나라는 학교 앞에서 기다리는 사람들이 죄다 엄마들인 반면 영국에서는 아빠들도 자주 볼 수 있었다. 부부가 둘 다 일하는 경우 출근 시간을 조정해서 아침에는 아빠가 데려다주고, 오후에는 엄마가 데려오는 식으로 분담했다. 함께 일하고 돌보는 삶이 자연스러운 풍경으로 자리 잡혀 있다는 인상을 받았다.

제도적으로도 많은 점이 보완되어 있었다. 영국 회사에서 오래 근무한 친구가 말하길 회사에서 여성들에게 업무와 관계없는 잔심부름을 시키는 일은 거의 없단다. 부당한 차별로 보일 수 있기 때문이다. 여성들을 화나게 하지 않기 위해서 남성들이 조심하는 분위기란다.

성관계 시 명백한 동의(sexual consent)를 받지 않은 경우에는 강간죄가 성립될 수 있다. 그녀는 "남성이 억울할 수도 있고, 여성이 거짓말을 할 수도 있다. 그러나 이것이 영국법"이라고 강조했다. 그래서 성교육 시간에 "동의 없는 모든 성행위는 성폭력"이라고 꼭 가르친다고 한다.

"Law is behind us."

대화 말미에 친구가 덧붙인 한마디가 내 마음을 울렸다. 법이 우리 뒤에 있다, 우리를 지지해주고 있다고 믿는다는 말이 무척 인상적이었다. 한국에서 여성으로 살면서 법이 실제로 내 편을 들어준다고 느낀 적이 있었던가.

일상에서의 성차별은 말할 것도 없고 성범죄를 당해도 상호합의라 주장하는 가해자들, 증거불충분으로 무혐의 처분을 받은 뒤 무고죄로 역고소를 하는 경우를 많이 본 나는 친구의 단단한 신뢰가 낯설게 부러웠다.

영국에서 사는 동안 특별하지 않지만 기분 좋았던 순간을 나누고 싶다. 동네 작은 카페에서 말을 걸어오신 할아버지가 나를 'this young lady'라 부를 때 그 말이 어찌나 듣기 좋던지. 동네 슈퍼마켓에서 계산할 때 'madam'이라 불러줄 때도 씩- 미소가 절로 지어졌다. 여성으로서 내가 존중받는다고 느껴졌다.

그러다 한국에서 '아줌마'라는 비칭, 더 나아가 '맘충'이라는 멸칭으로 불리기도 했던 기억이 떠올랐다. 사람이 어떻게 벌레가 되는가! 분노했지만 정확히 설명할 수 없이 쓰라렸던 감정도 함께. 언어는 사회를 비추는 거울이다. 여성을 호명하는 단어만으로도 해당 사회가 그들을 어떻게 대우하는지 유추해볼 수 있었다.

그런데 '영국은 역시 여성들이 살기 좋은 나라'라고 생각했던 생각을 완전히 뒤흔드는 사건이 일어났다. 바로 사라 에버라드 살해 사건이다. 2021년 3월 3일 밤 9시경 런던 클래팜 정션에서 집에 돌아가는 길에 납치된 사라는 일주일쯤 뒤에 죽은 채 발견되었다. 범인은 현직 경찰인 웨인 쿠젠스. 런던 시내 한복판에서 시민을 보호해야 할 경찰이 자기 신분과 코로나 방역 수칙을 이용해서 계획범죄를 저질렀다는 사실은 영국 사회에 큰 충격을 주었다.

이에 분노한 여성들이 "다음은 누구인가?" "우리를 그만 죽여라!"라고 쓴 팻말을 들고 추모집회로 모였다. 그러자 경찰은 코로나 방역수칙 준수를 이유로 불법집회로 규정하고, 공권력을 발동해 집회를 해산하던 중 참가자를 강제 연행하여 여성들의 분노에 기름을 부었다.

이 사건을 보면서 전개양상이 한국이나 영국이나 서울이나 런던이나 어쩌나 똑같은지 기가 막혔다. 경찰이 가해자인 상황에서 지금 누가 누구를 수사한다는 건지! 평화시위에 강제 연행이 말이 되는지? 경찰이 저지른 범죄를 규탄하며 시위에 나온 여성들을 경찰들이 끌고 가는 상황이라니...

"그러니까 밤늦게 돌아다니지 말고 집에 일찍 들어가라!" 오히려 피해자 탓을 하는 수사 담당 경찰관의 발언을 듣고 처음엔 귀를 의심했다. 피해자는 늦은 밤도, 새벽도 아닌 저녁 9시에 집으로 가던 중이었으니까. 그리고 몇 시에 어디에 있든 범죄 피해의 이유가 될 수는 없다. 가부장제하에서 이런 정신 나간 소리는 만국 공통이라는 것을 다시금 깨달았다.

단 하나의 희망은 절망과 슬픔의 순간에도 여성들의 연대는 빛을 잃지 않았다는 점이다. 많은 여성들은 SNS에

#shewaswalkinghome #walkwithsarah 라는 해시태그로 사라의 죽음을 애도하며 자신이 여성으로 살면서 느낀 두려움을 나누고 추모를 이어갔다. "딸들을 보호하려고 하지 말고, 아들들을 교육해라!"는 포스팅엔 수천 개의 '좋아요'가 있었다.

한국 서울 강남역 10번 출구의 천 개가 넘는 포스트잇과 영국 런던 클래팜 정션에 셀 수 없이 많은 꽃다발들이 겹쳐 보였다. 여성 인권에 대한 두 나라의 인식과 제도는 다르지만 궁극적인 목소리는 하나였다. '우리는 여성이 안전한 사회를 원한다!'는 외침이었다.

영국에서 여성으로 산다는 것은 무엇일까. 만족한 미소와 분노의 함성 그 사이 어디쯤일까. 단순히 한 가지로 정의될 수 없을 것이다. 한국보다 나은 측면도 분명히 있었지만, 여성을 대상으로 한 범죄와 2차 가해가 너무도 유사하게 반복되는 모습을 보면서 무력감이 들기도 했다. 이런 고민을 할 때 내 마음에 훅 들어온 시가 있었다.

나 하나 꽃 피어
풀밭이 달라지겠느냐고

말하지 말아라

네가 꽃 피고 나도 꽃 피면
결국 풀밭이 온통
꽃밭이 되는 것 아니겠느냐
(후략)

– 조동화, 「나 하나 꽃 피어」 중에서

이 시를 반복해서 읽으며 다시금 용기를 선물 받았다.
'겨우 나 하나'가 아니다. 나와 너는 우리가 되니까. 우리는
언제나 연결되어 있으니까. 역사 속에서도, 지금 이 순간도,
한국에서도, 영국에서도, 세계 어디에서도 변화를 만드는 여
성들이 있으니까 쉽게 절망하지 말 것.

함께 분노하며 시위에 나온 마음, 애도의 촛불을 켜는 마
음, 추모의 꽃다발을 내려놓는 마음, 서로의 안위를 걱정하
는 마음, 글로 기록하는 마음을 하나하나 쓰다듬는다. 그게
자기 자리에서 할 수 있는 만큼 꽃을 피우고, 산을 물들이
는 마음이 아닐까. 풀밭이 온통 꽃밭이 되고, 나와 네가 물
들어 결국 온 산이 활활 타오르게 될 때까지.

작은 물방울이 모여 바다를 이루듯

2021년 봄, 영국 바스(Bath)로 주말여행을 떠났다. 모처럼 날씨가 좋은 토요일이라 길거리엔 사람들로 꼭꼭 찼더랬다. 코로나 시국에 마스크도 쓰지 않은 채 사람들로 인산인해를 이루는 거리를 보니 마음이 편치 않았다. 최대한 사람들 없는 조용한 곳으로 피해 다니다 늦은 오후 알렉산드라 공원에 올랐다. 언덕 꼭대기까지 헉헉대며 올라가니 명성대로 바스 시내가 한 눈에 내려다보였다. 눈앞에 펼쳐지는 풍경에 감탄하려는 찰나에 냅다 뛰는 아이들. 신나게 달려가는 곳을 보니 작은 놀이터가 있었다.

'여기까지 와서 또 놀이터람.'

속으로 한숨을 쉬었지만 이미 저만치 가버린 녀석들을 좇아 남편과 천천히 발걸음을 옮겼다. 그런데 어라, 이 놀이터 뭔가 다르다.

가장 먼저 보이는 건 네 종류의 각기 다른 그네. 일반적인 모양의 납작 그네와 그 옆에 부모와 아기가 마주 보며 함께 탈 수 있는 그네, 누워서 탈 수 있는 원형 그물로 된 그네, 그리고 휠체어 그대로 올라탈 수 있는 커다란 사각형 그네였다.

그중에 가장 내 눈을 사로잡은 건 마지막 그네다. 휠체어를 타고도 그네를 탈 수 있다고? 그런 그네는 들어본 적도 아니, 생각해본 적도 없다. Ability Swing(굳이 옮기자면 '만능 그네'쯤 되려나)이라고 적힌 그네에 선명하게 새겨져 있는 문장.

Every Child deserves the right to play.
모든 어린이는 놀 권리가 있다.

얼핏 보면 당연한 말 같지만 누군가에겐 당연하지 않다는 것을 안다. 그런데 누구도 소외되지 않는 놀이터라니 얼마나 근사한지. 놀이터에서 감동받기는 또 처음이다. 어른들이 보기엔 어지럽지만 아이들에게는 인기 만점인 회전무대, 일명 뺑뺑이도 좀 다르게 생겼다. 서서 탈 수 있는 자리와 휠체어가 들어갈 수 있는 자리, 유아들이 탈 수 있는 자리로 다양하게 칸이 나누어져 있었다.

바닥에 설치되어 있는 트램펄린도 휠체어를 타는 어린이 포함 누구나 이용할 수 있게 설계되었다고 한다. 그렇다. 이 놀이터는 말로만 듣던 '무장애 통합 놀이터'였다. 우리나라에도 몇 군데 있다고 듣긴 했지만 직접 가본 적은 없었는데 여행지에서 이렇게 만나게 되다니! 예상치 못한 감동이 일었다.

영국에서의 3년을 돌아보면 장애인은 '보이지 않는 존재'가 아니었다. 슈퍼마켓에서도, 식당에서도, 공원에서도, 길거리에서도 그들은 어디에나 있었다. 특히 미술관이나 박물관에서 휠체어에 앉아 골똘히 작품을 감상하는 모습이 자주 기억이 난다. 단순히 먹고 사는 문제뿐 아니라 문화생활도 제약 없이 즐기는 모습이 보기 좋았다.

방송이나 광고, 잡지 카탈로그 등의 매체도 예외는 아니다. 영국의 공영방송 아동 전문 채널 CBeebies Biggleton 이라는 프로그램에서는 한 마을에 여러 직업을 가진 다양한 캐릭터가 등장한다. 그중에 휠체어를 탄 아이가 요리사 역으로 출연해 당당한 직업인이자 마을 구성원으로서 어우러져 살아가는 모습을 보여주었다.

영국의 대표 패션 브랜드 M&S나 보덴, 리버 아일랜드 광고에서는 장애인 아동을 모델로 쓴 사진을 심심치 않게 볼 수 있다. 인종, 성별, 체형의 다양성뿐 아니라 고도 근시로 두꺼운 안경을 쓴 아이들, 다운 증후군 아이들, 휠체어에 타거나 의족을 한 아이들 사진도 함께 실린다. 밝게 웃는 아이들 표정만큼이나 "beautiful!"이라고 달린 아름다운 댓글을 보며 내 마음도 밝아졌다.

학교 현장의 경우, 영국 특수교육의 기본적인 방침은 분리가 아닌 통합교육이다. 학부모가 원할 경우 장애아동도 일반 학교에서 교육하는 것이 원칙이며 학교와 교육 당국은 필요한 모든 지원을 할 의무가 있다. 특수학교는 중증 장애를 가진 학생 중심으로 운영하고 일반 학교를 지원하는 전문 센터 역할을 한다.

집 근처 청각장애인 중점학교로 지정된 초등학교에 자원봉사를 한 친구와 짧은 인터뷰를 했다. 그녀의 첫 마디는 "이 학교에는 모든 수업에 수어가 녹아들어 있어요."였다. 청각장애인만 수어를 하는 게 아니라 모든 학생이 마치 이

중 언어를 구사하는 것처럼 수어로 수업을 진행하고, 교가를 제창하는 것이 당연한 일이라고.

수어를 쓰는 친구도, 보청기를 끼거나 인공 와우 이식수술을 한 친구도, 비장애인 친구도 학교라는 한 울타리 아래 우정을 쌓아간단다. 장애(disability)가 장애(barrier)가 되지 않는 세상을 어릴 때부터 숨 쉬듯 자연스럽게 만나는 것이다.

지금의 대한민국. 온종일 돌아다녀도 길거리에 장애인 한둘 마주치기 힘든 이곳에서 '출근길에 지하철을 탑니다'라는 이름으로 시위가 시작되었다. 곧 장애인 이동권은 현재 한국 사회를 가르는 가장 뜨거운 이슈가 되었다.

출근길 시위가 시작되자 야당 대표인 젊은 정치인이 곧바로 "시민을 볼모로 삼는 불법적이고, 비문명적 시위"라고 비판하고 나섰다. 볼모, 불법이라는 무시무시한 단어들 속에 정작 내 목구멍에 탁 걸렸던 단어는 "비문명적"이라는 단어였다.

장애인이 시설에 갇혀 평생을 살아야 하는 사회, 한 달에 한 번도 집 밖을 못 나가는 사람들이 있는 걸 당연하게 생각하는 사회, 지하철 승강장 틈에 휠체어를 탄 다리가 끼고

에스컬레이터를 이용하다 추락사를 당하는 사회... 나는 아무리 생각해도 이런 현실을 방치하는 사회가 비문명적이라고 생각한다.

지금 인권 선진국이라고 불리는 나라들도 그가 말한 '비문명적' 시위로 인해 '문명화'된 사회로 발전했다. 아무리 평화적인 방식으로 기다리고 얘기해도 도무지 듣지 않는 사회를 향해 사회적 약자가 할 수 있는 선택지는 무엇일까.

1972년 미국의 장애인 인권운동의 대모라 불리는 주디스 휴먼과 동료들은 휠체어로 4차선 도로를 막았다. 당연히 뉴욕교통은 마비되었고 그 이후 장애를 이유로 학생을 차별을 금지하는 법이 통과되었다. 그런데도 제대로 시행되지 않자 이번엔 샌프란시스코 연방정부 건물을 24일 동안 점거했고 결국 미국 재활법 504조가 시행되었다.

영국 런던에서는 장애인들이 버스에 손목을 수갑으로 채웠다. 경찰이 이를 잘라내자 버스 앞에 드러눕기도 불사했다. 그 결과 1995년 영국 장애인차별금지법도 통과되었다.

전국장애인차별철폐연대(이하 전장연)를 비롯한 한국 장애운동의 역사도 다르지 않다. 지난 20년간 장애인도 함께 버스를 타고 사회에서 함께 살기를 외치며 버스와 지하철을 막고 한강 다리를 기어 건넜던 목숨 건 투쟁이 있었기에 오늘 이들의 목소리가 이만큼이나 우리 귓가에 들리는 것이다.

『실격당한 자들을 위한 변론』을 쓴 김원영 변호사는 이러한 싸움이 '시민불복종'(civil disobedience)이라는 점을 강조한다. 즉, "지하철과 버스를 세우는 행위는 장애인이 시민들의 질서에 저항하는 행위가 아니고, '시민'인 장애인이 지배적인 질서에 불복종하는 것이며, 시민적(civil)이라는 말 자체가 문명(civilization)이라는 의미"다. 장애인과 시민을 갈라치기 하는 언설이 난무할 때 잊지 말아야 하는 건 그들이 바로 시민이라는 사실이다. 그렇다면 동료 시민인 우리의 태도는 무엇이어야 할까.

앞서 언급한 미국 장애 운동의 대모 주디스 휴먼의 인터뷰를 읽다가 밑줄을 그었다. "누구나 비슷한 일이 닥칠 수 있기 때문에 불편함을 감수해 줄 수 있는 게 '문명'이고 '시민 의식'입니다." 우리 중 누군가는 '내일의 장애인'이 될 수 있다. 그렇지 않더라도 우리는 늙고 병들어 교통약자가 되는 길은 피할 수 없다. 부언하건대 우리는 모두 장애와 무관하지 않으며, 장애인의 인간다운 삶 없이 그 누구에게도 인간다운 삶은 없다.

매년 4월 20일은 장애인의 날, 아니 장애인 차별 철폐의 날이다. 올해는 발달장애인 국가책임을 요구하는 시위에서 발달장애인의 자매인 장혜영 의원이 삭발에 동참하는 것을 화면으로 지켜보았다. "저는 제가 머리 빡빡 깎은 거 하나도 안 놀랍고요. 발달 장애인 가족이라는 이유만으로 부모가 아이를 죽이고 부모가 자살해야 하는 세상이 나는 훨씬 놀랍습니다. 이 세상 같이 바꿔야 하지 않을까요."라고 외치는 그녀를 보고 어쩔 도리 없이 눈물이 났다. 함께 머리를 깎을 용기는 없지만, 외식 한번 줄이고 커피값 아껴 내 몫의 후원금을 보내는 일은 할 수 있다.

바쁘고 지치는 출근 시간에 지하철 출발을 지연시킨 전장연에 온갖 불평과 욕설이 난무할 때, "괜찮아요."라고 응원을 보낸 시민들이 있었다는 기사를 읽었다. 또 한번 눈물이 났다. 같은 목소리 하나 보태려고 이번 글을 썼다. 혐오의 파고를 넘어 작은 물방울 같은 마음들이 동심원을 그리며 퍼져나가기를. 그리하여 끝내 넓은 바다를 이루기를.

모든 성장의 중심에는 학교가 있었다

처음부터 이 학교를 원했던 건 아니다. 집 앞에 있는 가까운 곳을 두고 차로 십여 분을 빙 돌아가야 하는 것이 마뜩잖았다. 한국이라면 전입신고 후 집 앞에 있는 학교로 배정받으면 그만이겠지만, 이곳은 영국. 이 근방 초등학교 중 유일하게 자리가 남아있다고 통보받은 터라 선택의 여지가 없었다.

어렵게 배정받아 학교를 보내고 나서도 걱정이 이만저만이 아니었다. 벌써 두꺼운 책을 줄줄 읽는 또래 친구들 사이에 졸지에 학습부진아가 되어버린 아이. 그러나 감사하게도 학교에서는 선율이를 그냥 내버려 두지 않았다. 매주 목, 금 오전 3시간씩 한국인 자원봉사자 선생님이 오셔서 그 주에 배운 내용을 우리말로 설명해주시고, 집에서 복습할 수 있도록 챙겨주셨다. 세심한 도움의 손길 덕에 조금씩 수업

진도를 따라갈 수 있었다.

나중에 들어보니 영국 학교라고 이런 배려가 제도화되어 있거나 당연하게 제공되는 것은 아니었다. 도움은커녕 인종 차별이 의심되는 상황, 학교 폭력이 발생해도 그냥 유야무야 넘어가는 학교도 있단다. 처음부터 원하던 곳은 아니었지만, 우리 아이들에게 꼭 맞는 곳으로 오게 되었구나! 새삼 감사한 마음이 들었다.

영국에서 아이들을 학교에 보내면서 잊지 못할 순간이 있다. 학교에 다닌 지 5개월쯤 지났을 때. 웬 시험을 친다고 공문이 왔다. 이름은 SAT(Standard Attainment Test). 영국 학제에서 리셉션(병설 유치원에 해당), Year 1, Year 2 까지를 Key Stage 1이라고 하는데 이 과정을 마친 후 해당 과정을 잘 이수했는지 평가하는 시험이다. 과목은 읽기, 문법, 스펠링과 문장부호를 바르게 썼는지를 평가하는 국어(지만 우리에겐 영어)와 수학 두 가지다.

평소 일주일에 한 번 스펠링 테스트 말고는 별다른 평가가 없다가 한 주 동안 대대적인 시험을 본다니 K-학부모로서 적잖이 긴장되었다. 뭔가 시험 대비로 추가적인 공부를 해야 하나 싶어서 선생님께 여쭤보니 그럴 필요는 없단다.

이 시험은 학생을 평가하기보다 선생님이 잘 가르쳤는지를 확인하는 목적이 더 크다고 했다. 놀랍게도 학급마다 인원의 절반을 나누어 반은 시험을 보고, 나머지는 강당에서 만들기를 하며 놀 수 있도록 준비한단다. 그다음은 바꿔서 진행한다고. 덧붙이는 말씀은 이러했다.

"아이들이 이 한 주를 재미있게 기억했으면 좋겠어요."

비교와 경쟁에 자유로울 수 없었던, 심지어 시험 점수가 떨어지면 어김없이 손바닥을 맞아야 했던 학창 시절을 보낸 내게는 일종의 '패러다임의 전환'과 같은 말씀이었다. 시험은 뭘 배웠는지를 평가하는 것이고, 부족한 부분을 보충하면 되는 것이지, 불안과 염려가 필수적으로 따라올 필요는 없다는 걸 깨달았다. 실제로 아이는 집에 오는 길에 무엇을 만들고 놀았는지 얘기하기에 바빴다. 생애 첫 시험을 좋은 기억으로 남게 해 주신 선생님들께 감사했다.

영국 초등학교 과정을 경험하면서 과도한 개인 경쟁을 지양하는 대신 학생들의 참여도를 끌어올리는 방법은 무엇인지 궁금했다. 주말에 과제를 해가면 선생님이 확인 후 2tp,

3tp라고 작게 써두신 걸 발견할 수 있었다. 선율이에게 물어보니 팀 포인트(Team Point)의 약어란다. 해리포터를 보면 그리핀도르, 후플푸프, 래번클로, 슬리데린 네 개의 기숙사로 나뉘고, 기숙사마다 점수를 매겨 우승컵을 주는 장면이 나온다. 학교마다 하우스 포인트, 팀 포인트라고 다르게 부르기도 하는데 기본 개념은 같다.

우리 아이들이 다니는 학교는 태양계 이름을 따서 수성(Mercury), 목성(Jupiter), 토성(Saturn), 해왕성(Neptune) 네 개의 팀으로 나뉘어 있었다. 어떤 팀이냐에 따라 체육복 상의 색깔도 달랐다. 옆에서 지켜보니 영국 학교의 이 팀/하우스 포인트 전통이 참 좋다는 생각이 들었다.

나의 학창시절을 돌이켜 보면 개인 경쟁이 당연시되고 장려되었는데 여기서는 내가 잘하면 우리 팀에 점수가 쌓이고, 공동체에 기여하는 시스템이라는 게 신선했다. 살다 보면 개인의 탁월한 역량만큼 아니 그 이상으로 더 중요한 게 협력과 팀워크다. 수업 시간이건 운동회건 아이들은 자기가 속한 팀을 자랑스러워했고, 목청껏 응원하며 소속감을 느끼는 걸 보니 이 자체가 중요한 교육이겠다 싶었다.

또 하나 아이들의 성취를 독려하는 방법은 다양한 상을

빈번하게 주는 것이었다. 매일 간단한 스티커부터 매주 한 명의 학생을 뽑는 'Star of the Week', 학년 조회 시간에 주시는 상장 'Blue Certificate', 교장 선생님이 교복 상의에 붙여주시는 'Headteacher's Award'라고 적힌 스티커 그리고 한 학기에 1번 뽑는 Governor's Award까지 여러 종류의 상이 있었다.

수상 문턱이 높지 않기 때문에 한 학기에 적어도 한 번 이상 상을 받게 되고 이런 경험은 아이들의 자존감 형성에 긍정적인 영향을 준다. 내가 눈여겨봤던 건 학업적 성취도가 뛰어난 아이들만 상을 받는 게 아니라 부족하더라도 노력하면 향상된 부분을 인정하고 칭찬해주는 점이었다.

선율이의 경우 2학년 마지막 학기에 처음으로 Governor's Award라는 큰 상을 받았다. 특별히 다른 아이들보다 뛰어나서가 아니라 서투른 영어로 수업을 따라가려고 한 노력을 성과로 인정하고 격려해 준 의미였다고 본다. 선생님은 "받을 자격이 충분하다고, 스스로 자랑스러워하길 바란다."고 아낌없는 칭찬을 보내주셨다. 이 상을 받으면 특별히 부모를 학교로 초대해서 시상식을 지켜볼 수 있는 영예를 주었다.

우리 아이가 귀한 상을 받으니 물론 기뻤지만 내게는 신나게 박수와 환호를 보내고, 발을 구르며 힘껏 축하 노래를 불러주는 친구들의 모습이 더 인상적이었다. 질투와 시기심보다는 축제의 현장처럼 보였다. 상을 받는 게 특별한 일이 아니고, 다음은 내 차례가 될 수도 있으니 아이들도 질투보다는 마음껏 축하해주나보다 싶어 흐뭇했다.

학교는 아이들의 학습공간이기도 하지만 다양한 행사가 치러지는 놀이의 장이기도 했다. 1년에 한 번씩 근사하게 차려입고 팝콘과 음료수를 사 먹을 수 있는 디스코 파티가 열렸고, 여름이면 여름 축제가 겨울이면 크리스마스 축제가 있었다. 가을엔 지역 주민들과 함께 대규모 불꽃놀이를 했고, 학교에서 친구들과 잠을 자는 sleepover 행사, 2박 3일 야외캠프도 잊지 못할 추억으로 남았다. 중앙정부의 지원 예산 부족으로 학부모회서 여러 행사를 기획해 부족분을 채우는 모금이 주목적이었지만 친구들과의 추억이 쌓이고, 우정도 깊어져 가는 계기가 되었다.

나 역시 매일 같이 아이들을 데려다주고 데리러 가면서, 운동장에서 하교를 기다리면서, 여러 행사에 참여하면서 다른 엄마·아빠들과 사귈 기회가 생겼다. 그러면서 아이 친구뿐 아니라 내 친구도 여럿 생겼다. 아이들이 있어서, 학교가 있어서 영국 사회 속으로 한 발짝 더 들어가 볼 수 있었다. 학교는 이방인인 우리가 믿고 기댈 수 있는 공동체이자 안전한 울타리가 되어주었다.

한국으로 돌아가는 날. 비행기를 타야 하는 마지막 날까지 학교에 가고 싶다는 아이들 성화에 못 이긴 척 등교를 시켰다. 약속한 시각에 아이들을 데리러 오피스로 들어갔다. 오후 수업이 한창 진행될 시간이니 오피스엔 당연히 우리 아이들만 있을 거라 생각했는데 선율이 뒤로 아이들이 우르르 몰려나오는 게 아닌가.

알고 보니 선율이 반 선생님이 반 아이들 전부를 데리고 나와서 마지막 인사를 시켜주시는 것이었다. 손등으로 눈물을 훔치는 친구, 포옹하는 친구, 손을 흔드는 선율이. 그 모습을 보고 얼마나 울었는지 모른다. 이 눈물은 헤어짐의 슬픔보다는 감동과 감사의 눈물이었다. 아마 너는 잊더라도 나는 이 장면을 오래오래 마음속에 품겠지.

처음 학교 간 날 쭈뼛거리던 8살 아이는 따뜻한 배웅을 받으며 의젓하게 걸어 나오는 11살 아이로 자랐다. 그 모든 성장의 중심에 학교가 있었다.

무단 횡단이 불법이 아니라고요?

아이들 학교 가는 길에 신호등이 없는 횡단보도가 하나 있었다. 바닥은 흰색과 검은색 실선이 교차되어 있는 일반적인 모양의 횡단보도지만 같은 무늬의 긴 막대 위에 호박처럼 생긴 노란 등이 깜빡거리고 있어 멀리서도 알아보기 쉬웠다. 영국에서는 이런 횡단보도를 지브라 크로싱(Zebra Crossing)이라 부른다. 얼룩말 횡단보도라니, 직관적이고도 귀여운 이름이다.

지브라 크로싱의 가장 큰 특징은 보행자가 차량을 신경 쓰지 않고 앞만 보고 건널 수 있다는 점이다. 보행자가 보이면 지나가던 모든 차는 무조건 멈췄다. 발을 디디는 순간 갈라지는 홍해의 기적 같았다. 신호를 기다리며 서 있을 필요도, 아이들에게 차 조심하라는 잔소리를 할 필요도 없었다.

대신 우리가 지나갈 때 당연히 차가 서줄 거라는 믿음이 있었다. 길을 건너며 운전자에게 고맙다는 표시로 손을 살짝 들면 상대방도 미소를 띠며 화답해주었다. 하루 최소 두 번씩 이곳을 지나며 마음속으로 외쳤다. 아이 러브 지브라 크로싱!

그뿐만 아니라 사람들이 신호를 기다리지 않고 차도를 건너는 모습도 자주 볼 수 있었다. 한국에서 무단 횡단은 2만 원의 범칙금이 부과되는 경범죄인데 소위 선진국 시민들이 보행 신호도 무시하고 건너는 게 처음에는 이상하게 느껴졌다. 찾아보니 영국에서는 본래 무단 횡단이라는 단어 자체가 존재하지 않았고(jaywalking이라는 단어는 미국에서 만들어진 것이라고 한다), 따라서 관련 법규도 없단다. 영국 도로교통법에 따르면 특별히 보행 금지 표식이 있는 곳이 아니라면 보행자는 자신의 자율적인 판단에 따라 길을 건널 수 있다.

심지어 런던 같은 대도시에서는 신호를 기다리면서 서 있으면 더 위험하단다. 바쁜 런더너들은 조금도 망설이지 않고 좁은 도로를 성큼성큼 지나다닌다. 멈춰 서 있는 사람은 주로 관광객이라는 뜻이고, 어리숙한 관광객을 노리는 소매

치기 등 범죄의 표적이 되기도 한다. 그 말을 듣고 나도 다른 런더너들처럼 시크하게 건너보려고 했지만 늘 머뭇거리다 애매하게 기회를 놓쳐버리고 말았다. 아아, 이럴 때마다 어김없이 발동되는 모범생 DNA란.

그렇게 신호도 제대로 지키지 않고 건너면 위험하지 않을까? 영국은 OECD 국가 중 교통안전 선진국에 속한다. OECD 국제교통포럼(ITF)의 2020년 도로교통안전 연례보고서에 따르면 인구 10만 명당 교통사고 사망자 숫자가 3명 미만인 국가는 노르웨이, 스위스, 영국뿐이다. 영국은 이 결과에 만족하지 않고 2018년에 새로운 교통안전 전략을 발표했다. 바로 '비전 제로(Vision Zero)'를 도입한 것이다. 1997년 스웨덴에서 시작된 비전 제로는 교통사고를 0으로 줄이는 것을 목표로 하는 정책이다.

영국 정부는 2041년까지 런던 도로에서 사망하거나 중상을 입은 사람을 0으로 줄이는 것을 목표로 한다. 도로 위의 차량 점유율을 줄이고, 대중교통과 도보, 자전거 등 지속가능한 교통수단을 활성화하고, 시민들이 체감할 수 있는 안전한 도시를 만들고자 한다. 이 모든 정책의 바탕에는 길은 원래부터 사람들의 것이었고, 차보다 '사람이 우선'이라는 철학이 깊이 자리하고 있다.

"이제 좀 적응했어?"

한국에 돌아온 후 몇 달 동안 가장 많이들은 질문이다. 내 나라, 익숙한 동네로 돌아왔는데 크게 적응이랄 만한 게 있을까 싶지만, 집 밖을 나서면 매번 적응이 안 됐다. 보행자 신호가 초록색으로 바뀌었는데도 아랑곳하지 않고 쌩 지나가는 차들을 볼 때, 웬만한 신호는 무시하고 폭주하는 배달 오토바이들을 볼 때, 달리는 차들 사이로 곡예 하듯 미끄러져 가는 킥보드를 볼 때, 아이들을 태운 학원 차량이 신호 위반하는 것을 볼 때... 하도 자주 봐서 익숙해질 법도 하건만 한번 이상하다고 입력된 감각은 쉬이 무뎌지지 않는다. 그럴 때마다 영국의 지브라 크로싱이 그리워진다.

문제는 이런 교통안전 불감증이 실제 사고로 이어진다는 점이다. 2021년 12월 도로교통공단이 발표한 'OECD 회원국 교통사고 비교' 보고서에 따르면 2019년 기준 우리나라의 인구 10만 명당 교통사고 사망자는 6.5명이다. 사망자가 적은 순으로 국가별 순위를 매겼을 때 OECD 36개국 중 27위다. 게다가 보행자가 차지하는 비율만 따로 놓고 보면 한국이 38.9%로, OECD 평균(19.3%)의 2배가 넘는 수준이다. 즉, 보행자 안전도는 OECD 국가 가운데 최하위 수준이라는 뜻이다.

"엄마, 한국에서는 왜 초록불이 되었는데도 차가 씽씽 지나가요?"

아이들의 물음에 어른으로서 부끄럽고 미안했다. 초록불에 길을 건너는 것은 보행자로서 당연한 권리인데 한국에서는 신호가 바뀌어도 멈춰 서서 지나가는 차가 없는지 확인하고 건너야 한다고, 아이들에게 두 번 세 번 차 조심하라고 당부해야 하는 현실이 씁쓸하다.

붉은색에 안 건널까요?
- 김선율

요즘 오토바이와 차는 빨간색 신호등에 많이 건너요.
제가 우리 동네에 이걸 여러 번 봤습니다.
사람들이 부딪치면 많이 안 아픈데
차나 오토바이와 부딪치면 수배 더 아픕니다.

차들은 신호등이 빨간색일 때 안 가면 어떨까요?

차와 오토바이가 빨간색일 때 건너면

교통사고가 날 확률이 많이 올라가서 더 위험합니다.

앞으로 빨간색 신호등이면 건너지 않으면 좋겠습니다.

　지난 학기 큰아이가 한국 학교에 다니며 처음 쓴 작문이다. 지금보다 한국어가 더 서툴 때라 맞춤법이 틀리고 표현은 어색해도 무슨 말이 하고 싶은지 단박에 알았다. 아이 눈에 비친 도로 위의 세상은 이토록 위협적이라는 것. 큰 사고가 날 수 있으니 제발 신호를 지켜달라는 호소였다.

　다행인 건 2022년 7월 12일부터 개정된 도로교통법이 시행되었다는 점이다. 보행자 우선 도로 지정, 어린이 보호구역 횡단보도 무조건 일시 정지 등 보행자의 통행이 차량 통행에 우선하도록 바뀌었다. 실제로 그 이후 사람이 보이면 멈춘 뒤 지나갈 때까지 기다리는 차들이 많아졌음을 체감하고 있다. 이것이 제도가 가진 힘이다. 이제 우리나라도 차량보다 보행자가 우선하는 교통 패러다임의 전환이 시작되었다. 누구에게나 안전한 도로, 느리지만 그 방향으로 가고 있다고 믿는다.

응급실에서도 홍차를 권하는 나라

영국에서 맞는 첫해 여름날 밤이었다. 잘 준비를 하고 있는데 그날따라 아이들이 평소보다 더 신이 났다. 낡은 소파에서 덤벙덤벙 뛰다가 그만 꺼져버린 쿠션 아래 철제 프레임에 쏠려 큰아이 엉덩잇살이 찢어져 버렸다. 찢긴 잠옷 바지 사이로 멈추지 않고 흐르는 피...

하필 남편은 아직 퇴근 전이고 지금 출발해서 온다고 해도 족히 한 시간 반은 걸릴 것이었다. 주위 이웃에게 SOS를 치고 밤늦게 응급실을 찾았다. 긴장된 마음으로 수속을 한 뒤 대기실에 앉아 차례를 기다리는데 잠시 후 한 간호사가 다가오더니 말을 건넸다.

"저기 차(tea) 한 잔 드릴까요? 아님 커피?"

네...? 순간 잘 못 들은 줄 알았다.

"아니요, 저는 괜찮아요. 고맙습니다."

차를 마실 마음의 여유가 없었던 나는 희미한 미소를 지으며 거절했다. 속으로 '응급실에서 무슨 차를 준다고, 저럴 시간이 있으면 환자나 빨리 봐주지.' 언짢아하면서. 그런데 다른 사람들은 "저는 커피요." "저는 차 주세요."라고 주문을 하는 게 아닌가.

잠시 뒤 간호사가 주문받은 차와 커피를 가지고 왔다. 비록 티백에 뜨거운 물을 부은 인스턴트였지만 따뜻한 음료를 받아 든 그들의 표정은 한결 여유로워 보였다. 아, 나도 달라고 할 걸 그랬나? 아까 불편한 마음 대신 약간의 후회가 밀려왔다. 응급실 대기실에서도 차를 권하는 나라라니. 당시에는 이해가 안 됐지만 지금 생각하면 영국인의 홍차 사랑이 대단하다 싶어 슬며시 웃음이 난다.

어디 가나 '카페 공화국'인 한국, 한국인의 커피 사랑이 유별나다면 영국을 대표하는 건 역시 홍차다. 영국 사람들은 하루에 다섯 번 이상 차를 마신다고 알려져 있다. 그렇게나 많이? 싶겠지만 영국 친구 집에서 며칠간 지내보니 실로 그러했다. 아침에 일어나면 으레 "차 마실래?"라는 인사로 아침을 시작하고, 오전 11시가 되어 출출해지기 시작하면 또 차 한 잔을 마신다. 간단히 점심을 먹고 나서 오후 4시가 되면 공식 티타임이다. 저녁 식사와 함께 혹은 디저트와 함께 마시는 티, 자기 전에 썰렁한 기운이 돌면 또 한 잔. 티타임은 영국인들의 일상에서 빠질 수 없는 의례와 같다.

영국을 배경으로 한 영화를 보면 차와 관계된 장면이 유독 많이 나온다. 한국에서도 크게 인기를 끈 영국 드라마 '셜록'에서 주인공 셜록은 사건을 골똘히 생각하며 추리에 집중할 때 꼭 홍차를 마셨다. 근사한 찻잔세트를 구경하는 게 드라마의 소소한 재미였다.

나의 최애 영화 '어바웃 타임'에서 아버지의 시한부 소식을 듣고 급히 찾아온 날에도 어머니는 "tea?" 하며 차를 권한다. 일상의 행복을 누리는 날에도, 마음이 무너지는 날에도 언제나 함께하는 티타임. 마치 차 한 잔에 인생이 희로애락이 다 녹아있는 것처럼 보인다.

영국인의 티타임이라면 보통 애프터눈 티를 가장 먼저 떠올린다. 삼단 트레이에 각종 샌드위치와 디저트가 있고, 금박으로 둘려진 화려한 찻잔에 수색을 감상하며 우아하게 마시는 호텔 애프터눈 티 말이다. 그렇지만 보통 영국 가정집에서 홍차를 마시는 방법은 무척 간단하다.

1) 머그잔에 홍차 티백을 넣는다
2) 팔팔 끓인 뜨거운 물을 붓는다
3) 2~5분 정도 우러나길 기다린다
4) 티백을 빼고 우유를 부어 마신다
5) 기호에 따라 설탕을 넣는다

뜨거운 차에 냉장고에서 바로 꺼낸 차가운 우유를 넣으면 적당히 따뜻하게 마실만한 온도가 된다. 이 맛을 뭐라고 설명해야 할까? 우리나라 카페에서 밀크티를 주문하면 나오는 달고 진한 맛이 아니라 뭔가 밍밍하고 흐릿한 맛이다. 처음엔 별로다 싶지만 자꾸 마시다보면 영국 겨울 날씨와 잘 어울리는 맛이라는 걸 알게 된다.

비가 자주 오는 곳, 특히 겨울엔 우리나라처럼 쨍하고 추운 게 아니라 으슬으슬 뼈마디까지 시린 영국의 추위엔 이상하게 이 밀크티가 생각난다. 난방비가 비싸 최소한으로 집을 데우고 지내는 영국에서는 한국 아파트 같은 온기를 기대하기 어렵다. 그러니 집에 들어오면 '티부터 마셔야지!' 하면서 케틀에 물을 끓이게 되는 것이다. 따끈하게 김이 나는 컵을 부여잡고 한 모금 마시면 얼어붙은 마음마저 녹아내리게 되는 마법적인 순간이 찾아온다.

홍차는 단독으로 마실 때보다 티 푸드와 함께 할 때 가장 빛을 발한다. 티 케이크나 초콜릿은 물론이고, 집에 굴러다니는 비스킷도 차와 함께 먹으면 입에서 풍미라는 것이 폭발한다. 커피는 그 자체로 맛과 향이 강하기 때문에 맛있는 커피는 단독으로 마셔도 좋지만, 차는 역시 티 푸드와 함께 하는 편이 더 좋다.

여러 가지 티 푸드 중에서 내가 가장 사랑하는 건 역시 스콘. 부스스 부서지는 스콘에 잼(여기서 잼은 꼭 딸기잼이어야 한다), 부드럽고 진한 맛의 클로티드 크림(버터 아니죠)까지 이 세 조합이면 따뜻하고 부드럽고 달콤한 맛이 풍부하게 녹아내리는, 가히 입안에서 천국을 경험할 수 있다. 이 삼합을 영국에서는 크림티(cream tea)라고 부른다.

우리나라에 탕수육 부먹 대 찍먹, 민트초콜릿을 둘러싼 민초파 대 반민초파, 최근엔 물복(숭아) 대 딱복 논쟁이 있다면 영국에서 가장 유명한 논쟁은 '잼이 먼저냐, 크림이 먼저냐'이다.

반으로 가른 스콘 위에 먼저 잼을 바르고 그 위에 크림을 올리느냐, 크림을 먼저 바르고 잼을 올리느냐 하는 식이다. 전자는 콘월에서 주로 먹는 방식이고, 후자는 옆 동네 데본식이라 한다. 지금도 서로 자기가 원조임을 주장하면서 각 지역의 자존심이 걸린 크림티 논쟁을 한다. 군주제의 나라답게 이 논란을 종결시킨 건 고(故) 엘리자베스 2세 여왕이다. 여왕님이 스콘에 잼을 먼저 바르는 것이 공개되면서 이 논쟁은 일단락되는 듯했다.

사실 세 조합만 제대로 갖춰진다면 뭘 먼저 바르든 맛만 좋다. 나는 어떻게 먹냐고? 보기에는 데본식이 더 예쁘다고 생각하지만(하얀 크림 위에 빨간색 딸기잼이 포인트!), 딸기잼의 단맛보다 클로티드 크림의 진하고 풍부한 맛을 먼저 느끼는 것을 선호하기에 여왕님을 따라 콘월식으로 먹는다.

영국에는 차와 관련된 격언도 많은데 런던에 전쟁기념관 기념품숍에 갔다가 "Where There's Tea, There's

Hope."라고 쓰여있는 마그넷을 보고 빙긋 웃음이 났다. 영국의 극작가 아서 윙 피네로의 말이라고 하는데 어떤 상황이라도 차 한 잔을 끓여 마실 수 있다면 희망이 있다는 것일까? 새삼 영국인의 차 사랑에 놀란다.

If you are cold, tea will warm you;
if you are too heated, it will cool you;
if you are depressed, it will cheer you;
if you are excited, it will calm you.
- William E. Gladstone

내가 제일 좋아하는 차 격언이다. 추울 땐 따뜻하게 몸을 데워주고, 더울 땐 시원하게 식혀주는 차, 우울할 땐 기운을 북돋워 주고, 지나치게 흥분되었을 때는 마음을 안정시켜주는 차... 가히 차 만능설인가 싶지만, 실제로 그 효능을 경험한 적이 있다.

아이들을 재우고 난 어느 날 밤, 남편과 서운한 점을 이야기하다 냉랭한 분위기에 서로 말도 없이 한참 앉아 있었다. 그런데 남편이 뜬금없이 "차 마실래?"라고 말하는 게 아닌가? 말없이 고개만 끄덕이니 주방으로 가서 물을 끓이고 머그잔 한가득 차를 담아 건네주었다. 이걸 마시기 전엔 '흥. 갑자기 웬 차?' 싶었지만 한 모금을 마시고 나니 알았다. 내 속에 응어리진 일부가 차의 온기로 데워지고 있었다는 걸.

나란히 앉아 말없이 차 한 잔을 다 마시고 난 뒤 샐쭉 웃으며 말했다. "어떻게 차를 마시자는 생각을 했어?" 미안하다는 말조차 필요 없이 서로의 마음을 가라앉혀주는 차의 효능을 직접 체험하고 나서 나는 티타임을 더욱 좋아하게 되었다.

한국에 다시 돌아와 처음 맞는 여름. 폭염과 폭우, 열대야와 견디기 어려운 습기… 여러모로 지독했던 여름이 끝나고 이제 아침저녁으로 찬바람이 분다. 얼음 가득 아이스 커피가 당기던 날들은 가고 다시 핫 티가 생각나는 계절이 왔다. 다정한 이와 마주 앉은 찻자리도 좋지만, 조용히 혼자 음미하며 마시는 시간도 좋다. 차는 언제나 좋은 친구가 되어주니까. 차 한 잔이 주는 설렘으로 새 계절을 맞는다.

에필로그

어쩌면 나라와도 인연이란 게 있지 않을까. 우리 부부에 겐 영국이란 나라가 그렇다. 2006년 가을, 남자친구(이자 지금은 남편)가 런던으로 어학연수를 떠났다. 며칠이 지나도 잘 도착했다는 연락이 없어서 걱정하고 있는데 회식 중간에 낯선 번호로 연락이 와서 받아보니 그였다. 핸드폰 개통은 커녕 공중전화에서 국제전화를 어떻게 거는지 몰라 그간 연락을 못 했다고, 목이 메어 조금은 울먹거리던 목소리가 기억난다.

지금처럼 영상통화를 자유롭게 할 수 있던 때가 아니라서 비싼 국제전화 대신 한국과 영국을 오가는 엽서가 작은 상자 한가득 쌓일 때쯤, 남자친구 부모님이 연락을 주셨다. 비행기 값을 대줄 테니 런던에 한번 다녀오라고. 당신들이 가보고 싶지만 내가 가는 걸 그가 더 좋아할 거라고.

다음 해 1월, 12시간을 날아 영국으로 갔고, 런던과 파리를 10일간 여행했다. 멀리서 보고파만 하다 짧은 시간 함께 한 여행이 얼마나 달콤했는지. 1분 1초가 어찌나 소중했는지. 순간을 영원으로 붙잡고 싶었던 젊은 날이 거리 곳곳에 소복이 쌓였다.

야속하게도 시간은 빠르게 지나가고 마지막 날, 런던 히드로 공항으로 가는 지하철 안에서 시작된 눈물은 공항에 도착해서도 그칠 줄을 몰랐다. 앞으로 또 얼마나 그리워해야 다시 만날 수 있을까. 끝까지 꾹 참고 어른스럽게 나를 위로하던 그는 내가 게이트에 들어가기 직전에야 울음이 터져버렸다. 그의 일그러진 얼굴이 아직 생생하다. 떠올리면 마음 한쪽이 아릿해지는, 내게는 청춘의 애틋한 추억이 있는 나라가 영국이다.

2018년 12월, 갑작스러운 남편의 해외 주재원 발령으로 영국 런던으로 건너와 살게 되었다. 어학연수 당시 같이 살던 중국인 룸메이트가 이스트 런던 허름한 아파트 단지 창너머 빌딩 숲을 가리키며 저기가 카나리 워프라고 금융계 중심지라 알려줬단다. "12년이 지나 거기서 일하게 될 줄은 몰랐지." 남편이 웃으며 말했다.

나 역시 그와 함께 걸었던 피커딜리 서커스를, 트래펄가 광장을, 테이트 모던을, 늘 꿈결처럼 그리워했던 장소들을, 이제는 남친에서 남편이 된 그와 두 아이까지 넷이 되어 걷게 되다니. 인생은 참 알 수가 없다.

'여행이 연애라면 해외살이는 결혼'이라는 말이 있다. 자유, 설렘으로 대표되는 여행이 현실에서 벗어난 비일상적인 경험이라면 해외살이는 이방인으로서 매일 맞닥뜨려야 하는 녹록지 않은 현실이라는 뜻일 것이다. 한편 시간이 지날수록 상대에 대한 애정과 이해가 깊어지듯 다른 사회를 이해하는 폭도 깊어지고 고운 정, 미운 정 다 든다는 의미기도 하다.

우리 역시 그랬다. 30대 후반에 가족과 함께 살러 온 영국은 20대 여행자로 왔을 때와 완전히 다른 얼굴을 보여주었다. 그때나 지금이나 영국은 과거의 찬란한 유산을 자랑하는 매력적인 여행지지만, 막상 살아보니 도무지 적응되지 않는 날씨와 언어라는 장벽에 한숨 쉬는 날이 많았다. 의료, 교통, 행정 전반에 불편하고 비효율적인 구석이 많아 '선진국이 맞나?' 답답할 때도 있었다.

뭐든지 빨리 변하는 한국식 속도를 포기하자 그때부터 영국의 진짜 모습이 눈에 들어왔다. 생각지도 못한 환대를 경험하고, 약자를 배려하는 문화에 감탄했다. 경쟁보다는 협력을 중요한 가치로 여기는 모습, 고통당하는 이들을 위해 적극적으로 연대하는 모습도 배웠다.

또 하나 중요한 건 아이들의 존재였다. 아이들과 함께 학교와 지역사회의 구성원이 되면서 영국 사회 속으로 쑥 들어가게 되었다. 학교는 하나의 공동체고 작은 사회였다. 하루 두 번씩 3년을 학교 운동장에서 만나고 이런저런 행사에 참여하다 보니 제법 눈에 익는 얼굴도 많아지고 아이들 친구뿐 아니라 내 친구들도 생겼다. 어느새 영국문화 속에 푹 빠져 지내는 아이들과 함께 지내며 다시 돌아올 수 없는 아이들의 유년을 만끽했다. 그 덕에 나도 아이처럼 호기심으로 눈을 반짝이며 새로운 나라와 문화를 마음껏 탐험할 수 있었다.

언제나 나를 매혹시키는 런던, 감탄이 나오는 자연환경, 잘 보존된 문화적 유산, 눈부신 영국의 여름과 손꼽아 기다리는 크리스마스… 돌아보면 다 소중한 추억이지만 그중에서도 가장 소중하게 남는 건 역시 사람들과 함께 한 추억이다. 선뜻 사랑과 우정으로 손을 내밀어준 친구들 덕에 외롭고 힘든 순간을 넘어갈 수 있었다. 생각할 때마다 온기로 마음을 데워주는 사람들과의 소중한 인연을 오래오래 간직하고 싶다.

Worcester Park, it's always nice to be back.

여행을 떠났다가 돌아오는 길, 우스터 파크 기차역이 보일 때면 차 뒷좌석에서 아이들이 읊조리던 문구다. 특별할 것 없는 소박한 동네지만 이방인인 우리를 품어주던 곳, '익숙한 우리 동네, 집에 왔구나!' 싶어서 마음이 푸근해졌더랬다. 한국에 돌아온 지금은 너무나도 먼 곳, 당분간 돌아갈 수 없는 곳이 되었지만 대신 이 책이 남았다. 함께 울고 웃으며 보낸 3년의 시간, 사랑을 주고받았던 기록이 살아가는 내내 힘이 되기를. 바라건대 당신의 마음에도 가닿기를.